麦克尤恩作品 | Ian McEwan

Amsterdam

阿姆斯特丹

[英]伊恩·麦克尤恩————著

冯涛—————译

上海译文出版社

献给雅科和伊利莎白·赫罗特①

① 雅科·赫罗特(Jaco Groot)是麦克尤恩作品的荷兰出版人,整个欧洲极有影响力的出版商,伊利莎白是其夫人。

在这里相逢并拥抱的朋友已经离去,

各自奔向各自的错误;

———W·H·奥登《歧途》①

① 引自奥登的十四行组诗《追寻》(The Quest)第三首《歧途》(The Crossroads)之首句,与原文略有出入。麦克尤恩的引文是:"The friends who met here and embraced are gone, / Each to his own mistake",奥登的原诗则是:"Two friends who met here and embraced are gone, / Each to his own mistake"。

第一部

一

莫莉·莱恩的两个老情人站在火葬场礼拜堂的外头候着,背对着二月里的凛寒。该说的全都说过了,不过他们俩又重复了一遍。

"她一直都不知道是什么要了她的命。"

"知道的时候为时已晚。"

"真是病来如山倒啊。"

"可怜的莫莉。"

"唔。"

可怜的莫莉。事情开始于她在多尔切斯特烧烤店外扬手叫出租车时胳膊上的一阵麻痛,然后这种感觉就再也没有消失过。几个星期之内,她就已经记不大清很多事物的名字了。议会、化学、螺旋桨,忘了倒也罢了,可是连床、奶油和镜子都记不得,她可就不能原谅自己了。她是在一下子想不起叶形装饰和风干牛肉干的名号以后才去就医的,本来期望医生说没什么大不了的,谁知却被送去查了又查,感觉上像是永远都查不完了。于是一转眼间,性情活跃的莫莉就成了她那位脾气乖张、占有欲极强的丈夫乔治的病室囚徒。莫莉是美食评论家,既睿智又迷人,又身兼摄影师和敢于创新的园艺家,连外相都爱过她,四十六岁上还翻得出完美的侧手翻。她堕入疯癫和痛苦的速度成了坊间八卦的谈资:先是身体的机能失去控制、幽默感随之全盘尽失,然后就是渐渐意识模糊,间以徒然的暴力挣扎和被人捂住嘴巴的痛苦嚎叫。

看到乔治的身影从礼拜堂里出来,莫莉的两个老情人退往杂草丛生的砾石小径。两人踏进一处椭圆形的玫瑰花床,花床边上树了块牌子,叫"追思花园"。每一株花茎都惨遭砍戮,距冰冻的地面只余几英寸高,莫莉生前对此种做法是深恶痛绝。小块草坪上遍布踩扁了的烟头,因为人们就是在这里等着前一拨参加追悼会的人群离场的。两位老朋友来回踱步的辰光,再次捡起之前已经以各种方式讨论过五六次的话题,因为这可比一起唱《朝圣之路》更让他们觉得安慰。

克利夫·林雷认识莫莉在先,早在六八年他们还是学生的时候,当时两人一起在"健康谷"同居,不断地搬来搬去,情形真是混乱不堪。

"走的方式实在可怕。"

他注视着自己呼出来的白气飘散入灰色的空气。今天伦敦中心地区的气温据说降到了零下十一度——零下十一度,这个世界真是出了大问题了,而为此既不能责怪上帝的存在也不能归罪于上帝的缺位。人类的第一次违抗圣命,人类的堕落,一个下行音型,双簧管,奏出九个、十个音符。克利夫对于音高的判定具有绝佳的天赋,听着它们从 G 调依次下行,根本就无需记谱。

他继续道:"我是说她死的方式,这么无知无识,就像动物。就这么衰竭下去,受尽屈辱,根本来不及安排后事,甚至来不及说声再见。疾病就这么悄悄上了身,然后……"

他耸耸肩膀。两人走到了备受践踏的草坪尽头,掉头再往回走。

"她宁可自杀也不愿落得如此下场。"弗农·哈利戴说。他七四年曾经跟她在巴黎住过一年,当时他在路透社找到了他的第一份工作,莫莉则为《时尚》杂志干点杂活。

"脑死亡,而且还处在乔治的魔爪之下。"克利夫道。

乔治这位可悲、富有的出版商对她是百般宠爱,尽管她对他一直都颐指气使,可出乎所有人的意料,她并没有离开他。他们俩看见乔治正站在礼拜堂门外,接受一群哀悼者的慰问。她的死倒是抬高了他,不再受到众人的鄙夷。他看上去像是长高了一两英寸,后背挺直了,声音也低沉了,一种新生的尊严把他那原本求肯、贪婪的眼睛都收窄了。他拒绝将她送往疗养院,而是亲手来照顾她。更有甚者,在早先大家还想探望她的时候,都要通过他的审查。克利夫和弗农受到严格限制,因为他们被认为在见面时容易使她兴奋,见面后又会使她对自己的病情悲观绝望。另一位关键的男性外相大人,同样也被列入黑名单。大家开始议论纷纷,有几个闲话专栏还不指名道姓地进行过影射。再后来也就无所谓了,因为传出消息说她已经绝非昔日的莫莉,大家也都不再想去看她,倒是很高兴乔治充当了挡箭牌。不过,克利夫和弗农则一如既往地以憎恶他为乐。

他们再次折返时,弗农兜里的手机响了。他道声歉后退到一边去接电话,留下他的朋友独自前行。克利夫紧了紧大衣,放慢脚步。现在,身穿黑衣挤在礼拜堂外面的足有两百多号人了,再耽搁着不走过去跟乔治说点什么就显得很无礼了。他终究还是得到了她,在她连镜子里自己的脸都不认识的时候。他对于她的风流韵事束手无策,可到了最后,她还是完完全全属于了他。克利夫的双脚都快冻木了,跺脚的节奏又使他想起那十个音符的下行音型,渐慢,英国管柔和地扬起,与大提琴形成对位,宛若镜中映像,她的脸也在其中——大结局。现在他只想回到温暖、寂静的工作室,回到钢琴和未完成的乐谱旁,把乐谱写完。他听到弗农在结束通话,"好的。重写导言,放第四版。我一两个小时后到。"然后他对克利夫道:"该死的以色列人。咱们该溜达过去了吧。"

"我想是的。"

可是两个人却又围着草坪转了一圈,因为他们毕竟是为埋葬莫莉来的。

弗农努力集中精神,排除办公室的糟心事儿。"她可真是个可人儿。还记得台球桌上那一幕吧。"

一九七八年,一帮朋友在苏格兰租了幢大房子过圣诞。莫莉当时交往的是个叫布兰迪的王室法律顾问,两个人在一张废弃的台球桌上表演亚当和夏娃的活人造型,他只穿了条小紧身内裤,她只剩下胸罩和内裤,一个球杆托儿当那条蛇,一个红球当苹果。可是这故事以讹传讹之后的结果,出现在一个讣告当中就成了莫莉"曾于某平安夜在某苏格兰城堡的台球桌上全裸跳舞"了,即便当时在场的有些人的记忆也被修订成了这样。

"是个可人儿。"克利夫赞同道。

她当时假装去咬那个苹果的时候曾直直地望着他,咬得咯咯响的牙齿间露出淫猥的微笑,一只手支在撅起来的屁股上,就像杂耍戏院里戏仿的妓女形象。他认为她接收他眼神的方式是个信号,果不其然,他们俩在那年四月再度复合。她搬到他南肯辛顿的工作室,度过了整个夏天。当时大约正是她写的餐馆评论专栏刚起步的阶段,跑到电视上公然抨击《米其林指南》是"美食上的媚俗"。也正逢他自己的事业首度时来运转之际,他的《管弦乐变奏曲》在皇家节日音乐厅上演。破镜重圆。她或许并没有什么改变,不过他已经不再是昔日的他了。十年的光阴没有虚掷,他已经学得了些经验,放手让莫莉来引导他。不论干什么,他一直是全力以赴的。她教他偷潜性爱的技巧,也就是偶尔要静止不动。一动不动地躺好,就像这样,看着我,认认真真地看着我。我们就是定时炸弹。他当时快三十了,照今天的标准算大器晚成的了。当莫莉找好自己的住处要打包走人时,他求她嫁给他。她吻了吻他,在他的耳边悄声引述:"他娶一个女人是为防她离他而去／如今她却整天赖着不肯走了。"她是对的,因为自她走后,独处的滋味快乐无比,不到一个月时间他又写出了《秋歌三曲》。

"你可曾从她身上学到过什么东西?"克利夫突然问道。

八十年代中期,弗农也跟她来了个梅开二度,那是在翁布里亚①的一幢度假屋。当时他是如今他主编的这份报纸的驻罗马记者,已经成家立业。

"性爱的事儿我总是记不住,"他踌躇了一会儿道,"我肯定应该是非常棒。不过我的确记得她教我认识牛肝菌,怎么采摘,怎么烹饪。"

克利夫认为这是虚晃一枪,决定不再跟他推心置腹。他朝礼拜堂的门口张了张。他们是该进去了。他突然溜出一句相当残忍的话,把自己都吓了一跳,"你知道,我真该娶了她。在她开始昏迷的时候就拿个枕头什么的闷死她,免得大家都来可怜她。"

弗农呵呵笑着引他的朋友离开"追思花园"。"说说容易。我可以想见你在放风的院子里给犯人们写颂歌呢,就像

---

① 翁布里亚(Umbria)为意大利中部大区,范围包括佩鲁贾和特尔尼两省。

那个谁,那个搞妇女参政运动的女人。"

"伊瑟尔·斯密斯①。我铁定比她要写得好。"

参加葬礼的莫莉的朋友们并不想跑到火葬场里来,可乔治摆明了不想搞任何追思仪式。他可不想听老婆的三位老情人公开在圣马丁或圣詹姆斯教堂的讲道台上交换什么意见,或者在他本人致悼词时在底下挤眉弄眼。克利夫和弗农进门之际,听到的是鸡尾酒会上熟悉的嗡鸣。没有香槟酒托盘,也没有饭店里幕墙的回声,不过除此以外跟画展的开幕或是媒体投放会也没什么两样。有那么多面孔是克利夫从来没在日光底下照过面的,看起来可真是恐怖,活像是僵尸直立起来欢迎刚死的新鬼。一阵愤世嫉俗的情绪发作之下,他迅速穿过那一阵嘈杂,有人叫他的名字他也不理,有人拽他的胳膊他干脆甩脱,继续朝乔治站立的位置走去,乔治正跟两个女人和一个呢帽手杖的干瘪老头儿说话。

"太冷了,我们得走了。"克利夫听到有个声音叫道,但此时此刻谁都甭想挣脱社交场合的向心力。他已经把弗农给丢了,弗农被某个电视频道的老板给拉到了一边。

---

① 伊瑟尔·斯密斯(Ethel Smyth,1858—1944),英国作曲家兼妇女参政运动的领导人。

最后，克利夫以适度的诚恳态度握住了乔治的手，"告别仪式非常出色。"

"非常感谢您的到来。"

她的死使他高贵了起来。那种静静的庄严绝非乔治平素的风格，他一贯既阴郁冷酷又索求无度；既急于求得他人的喜欢，又不能将友谊视作理所应当——这是巨富们才有的一种负担。

"实在是失礼，"他又道，"这两位是芬奇姐妹，薇拉和米尼，莫莉在波士顿的时候就认识她们了。这位是克利夫·林雷。"

他们握了握手。

"您就是那位作曲家吧？"薇拉或者是米尼问道。

"不才正是。"

"真是莫大的荣幸，林雷先生。我十一岁的孙女小提琴晋级考试，拉的就是您的小奏鸣曲，她真是非常喜欢这部作品。"

"听您这么一说，我非常高兴。"

想到小朋友来演奏他的音乐，他多少有些沮丧。

"这位，"乔治介绍道，"也来自美国，哈特·普尔曼先生。"

"哈特·普尔曼。终于有缘得见。您还记得我将您的《愤怒组诗》谱写为管弦爵士乐吗?"

普尔曼是"垮掉一代"的诗人,凯鲁亚克那一代人的最后孑遗,简直像一只皱缩的小蜥蜴,连把脖子仰起来看克利夫一眼都很困难。"这些日子以来我什么事都不记得,什么狗屁事都不记得了,"他的声音尖厉轻快,"不过既然你说有,那就肯定是有过的喽。"

"可是您竟然还记得莫莉,"克利夫道。

"谁?"普尔曼把脸绷了有两秒钟,然后咯咯笑着,伸出瘦长的白色手指抓住克利夫的前臂。"那是自然,"他用他那兔八哥的声音道,"莫莉跟我的交情可要追溯到六五年的纽约东村呢。我记得莫莉,乖乖不得了!"

克利夫在心算的时候注意掩饰住自己的不安。那年的六月她年方二八。为何从未听她提起呢? 他以中性的态度询问道。

"她是去参加爱心之夏吧,我想。"

"呃,呃。她是来参加我的主显节之夜①的派对。这小

---

① 主显节(Twelfth Day)即耶稣诞生后的第十二天;一月六号,主显节之夜是一月五号的夜晚。这个日期可远早于克利夫敢于推测的夏天。

妞可真不是盖的,对吧乔治?"

依法论处该判这老东西强奸。比他还早了三年。她从没跟他提过哈特·普尔曼,而且,她不是也去看过《愤怒组诗》的首演吗? 演出结束后她不也去了庆功宴? 他不记得了,什么狗屁事都不记得了。

乔治已经背过身去跟那对美国姐妹谈了起来。克利夫细想之下觉得不会有任何损失,就把手握成卷筒状,俯在普尔曼的耳朵上。

"你从来都没操过她,你这个满嘴喷粪的老爬虫。她才不会堕落至此呢。"

当时他本来并不想走开的,因为他想听听他的答话,可是两群吵吵嚷嚷的人一左一右突然插了进来,一群是为了向乔治表达慰问,另一群则是向诗人表达仰慕的,推推搡搡之下,克利夫发现自己已获自由之身,也就顺势走开了。哈特·普尔曼和年方豆蔻的莫莉。心里一阵恶心,他重新挤过人群,找到一块小小的空地站将下来,暗自庆幸没有人理睬他,望着周遭那些谈得不亦乐乎的朋友和熟人。他觉得他自己才是唯一想念莫莉的那个人。如果他当真娶了莫莉,也许比乔治还要糟糕,连这场聚会他都容忍不了,也会受不了她的无助。从那个小小的棕色方形塑料药瓶里倒出三十粒安眠药片，备好臼和杵，还有一杯苏格兰威士忌。三汤匙黄白色的药泥。她在服用的时候看了看他，仿佛她心里有数。他用左手抠住她的下巴，以免药汁洒了出来。她睡着了以后他就抱住她，一直到天亮。

别人谁都没有想念她。他四顾看着周遭这帮吊唁的人群，有很多跟他、跟莫莉同龄，上下相差不过一两岁。他们是何等兴旺发达，何等有权有势，在这个他们几乎蔑视了有十七年之久的政府底下，他们是何等地繁荣昌盛。说起我这一代人：多有能量，多么幸运。在战后的新建社区喝着国家自己的母乳和果汁长大，由父母没有保障、来历清白的富足所供养，成年以后有充足的就业机会，全新的大学，鲜亮的平装本书籍，文学全盛时期的摇滚乐，可以负担得起的理想。当梯子在他们身后崩塌，当国家撤回她的乳头变成一个高声责骂的悍妇时，他们已经安全了，他们已经巩固了，他们安定下来致力于塑造这个或是那个——品味，观点，财富。

他听到一个女人快活地大喊："我手脚都没知觉了，我得走了！"他转过身来，看到身后的一个年轻人正打算抬手碰一下他的肩膀。年轻人二十五岁左右，秃顶，也许是剃的光头，穿了身灰色衣装,没穿大衣。

"林雷先生,很抱歉打扰了您的思绪。"那人道,把手缩了回去。

克利夫以为他是个音乐家,或是来要他签名的什么人,于是把脸色调整到耐心的假面。"没关系。"

"不知道您是否有时间过去跟外相说几句话。他很想见您一面。"

克利夫噘起了嘴唇。他可不想被介绍给朱利安·加莫尼,不过也不想怠慢他。他已无路可逃。"头前带路。"他说,被带领着从一帮帮朋友身边走过,有几位朋友猜出他要去哪儿,想把他从那位向导手里拉回来。

"嘿,林雷。不要跟敌人枉费唇舌!"

说是敌人一点都不假。他有什么好?一个相貌怪异的家伙:大脑壳,拳曲的黑色头发,倒都是原装正版,脸色是可怕的死鱼肚的白,冷酷削薄的嘴唇。他就靠贩卖一套仇外、制裁的平庸货色在政治市场上赢得了一席之地。弗农的剖析总是一针见血:身居高位的混蛋,床上的淫棍。可就凭这一点,她应该随处都找得到的呀。他能走到今天这一步,肯定还有不为人知的天赋,他还准备向首相的高位发起挑战呢。

那位副官把克利夫带到加莫尼面前,他身边围绕着一圈马蹄铁形状的人群,像是在发表一番演说或是讲个什么故事。他马上停下话头握住克利夫的手,热情地低语道:"多年悬想,终于得见。"仿佛在场的只有他们两个人。

"幸会幸会。"

加莫尼抬高声音,为的是让大家都听见,人群中有两个生气勃勃的年轻人,一看就是不诚实都挂在脸上的政治狗仔记者。外相大人在表演,克利夫不过成了趁手的道具。"您的好几首钢琴曲内子都烂熟于心。"

又来了。克利夫不禁怀疑:难道果如年轻一代的某些乐评人所言,他的天才已经被驯化,变得甜腻无比,真成了"思想家的小甜饼"——格雷茨基[①]一流的人物?

"尊夫人一定很出色。"他道。

[①] 麦克尤恩的原文用的是: the thinking man's Gorecki——明显是化用一个英伦英语里的成语: the thinking man's crumpet,意为又美貌又有头脑的性感女性(最早的出处是英国喜剧作家兼电视名人 Frank Muir 在 1960 年代对著名记者兼电视节目主持人 Joan Bakewell 的称呼)。格雷茨基(Henryk Górecki,1933—)则是波兰当代古典音乐作曲家,是后斯大林时代波兰先锋派音乐的领军人物,之所以拿他来说事儿或许是因为他的代表作《哀歌交响曲》在 1992 年重新灌录后销量超过了百万张,这个销量是 20 世纪所有作曲家都难以望其项背的,如此一来,他也就自然成了"媚俗"、"甜腻"的象征。

自打上一次近距离跟政客接触以来已经有些日子了,他已经忘了他们这类人物那眼神的流动,一刻不停地巡视周围,看有没有新的听众或背叛者,或者附近有没有职位更高的大人物现身,有没有别的重大机遇稍纵即逝。

加莫尼眼下就在四处张望,确保他的观众不会散开。"她是了不起。读的是金史密斯学院①,然后在伦敦市政厅供职。前途未可限量呀……"他停顿一下,以达到喜剧效果,"然后她就遇到了我,选择了医药业。"

只有副官和另一位他的雇员,一位女性,窃笑了几声。那几个记者则无动于衷。也许这一套他们早都听他说过了。

外相的目光已经重新落回到克利夫身上。"还有一件事儿,我想祝贺您获得了正式委托,创作千禧年交响曲。您大概还不知道,最后的决定权直接惊动了内阁吧?"

"我有所耳闻。而您投了我的赞成票。"

克利夫放任自己表现出厌烦的调调,而加莫尼的反应则好像他已经受到了千恩万谢。"也没什么,我也只能尽此绵薄之力。我的有些同僚更倾向于那位流行歌星,就是前披头

---

① 伦敦大学的金史密斯学院以女生所占比例高达65%著称。

士成员的那家伙。不管怎么说,曲子写得怎么样啦,快完稿了吧?"

"快了。"

他的四肢已经麻木了足有半个钟头,不过直到此时凛寒才终于将他裹在了垓心。他的工作室里是何等的温暖,他只需穿件衬衫,舒舒服服地完成交响乐的最后几页,首演也没几个星期了。他已经错过了两次最后期限,他真渴望快点回家。

他伸出手来跟加莫尼道别,"真是幸会。我得先走一步了。"

可是外相大人并没有理他的手,仍旧越过了他侃侃而谈,显然从这位著名作曲家的在场当中还能再多榨点东西出来。

"您知道吗,我经常在想,正是像您这样的艺术家们享受到的创作自由,才使我的工作多少具有了价值……"

类似风格的话语滔滔汩汩,不绝如缕,克利夫在望着他的时候并没有在表情上带出他越来越厌烦的心情。加莫尼跟他也是同一代人,身居高位已经将他跟一个陌生人平等谈话的能力腐蚀殆尽。也许这就是他在床上带给她的东西:

这种"非人"的特质带来的刺激。一个男人在众多镜子面前痉挛抽搐。不过,她当然更喜欢情感的温存。一动不动地躺好,看着我,认认真真地看着我。也许莫莉和加莫尼之间不过是个错误,如若不然,克利夫真会觉得无法忍受了。

外相大人归结了他的长篇大论:"正是传统造就了我们今天的模样。"

"我一直在纳闷,"克利夫对莫莉的老情人道,"不知道您是否还赞成绞刑?"

加莫尼处理起此类突发事件来早已经是驾轻就熟了,不过,他的目光还是冷酷了起来。

"我想大多数人都清楚我在这件事上的立场。不过同时呢,我也很高兴接受上下两院的观点以及内阁的集体责任制。"他已经摆好了架势准备应战,同时又不失风度。

那两位记者挤近了一些,紧握着笔记本。

"我记得您曾有次在演讲中说纳尔逊·曼德拉活该被绞死。"

下月就要出访南非的加莫尼笑得仍旧很镇定,那个演讲最近又被弗农的报纸相当下流地挖了出来。"我想,揪住一个人还是在头脑发热的学生时代说的话不放,这有失厚道吧。"他停顿一下咯咯一笑,"都差不多三十年前的旧事了。我敢说您本人也一定说过或是想到过煞是惊人的狂言吧。"

"这是自然,"克利夫道,"这正是我要说的重点。如果您当时一意孤行,现在也就不会再有多少重新考虑的机会了。"

加莫尼微微颔首表示赞同,"观点足够公允。可是在现实的世界中,林雷先生,没有任何一种司法制度是可以避免人为错误的。"

然后,外相做了件很出格的事,这件事非但将克利夫对政府部门的印象毁于一旦,而且回顾起来他不得不表示钦佩。加莫尼伸出手来,食指和拇指抓住克利夫大衣的衣领,把他拽近一步,把声音压低到只有他们两个人可以听见的耳语。

"我最后一次见到莫莉的时候她跟我说你阳痿,而且一直就阳痿。"

"一派胡言——她绝不会这么说!"

"你当然不会承认。这么着,我们可以当着这边的这些绅士公开大声地讨论一下你的阳痿问题,要么你就别再多管闲事,愉快地跟我道个别。意思就是,滚你娘的!"

这番话讲得又快又急,话音未落,加莫尼已然身体后仰,一面握住作曲家的手上下摇晃,一面眉开眼笑,还大声对副官道:"林雷先生已经愉快地接受了晚餐邀请。"最后这句话可能是个事先约定的信号,因为那位年轻人马上走上前来把克利夫领开,此时加莫尼背转身去对那两个记者道:"了不起的人物啊,克利夫·林雷。直言不讳地表明不同的看法同时还能继续做朋友,这岂不正是文明生活的精髓之所在吗,你们说是不是?"

二

　　一小时后,弗农的小汽车将克利夫在南肯辛顿放下,那么小的汽车竟然还有位专职司机,简直显得滑稽。弗农下车跟他道别。
　　"可怕的葬礼。"
　　"连杯喝的都没有。"
　　"可怜的莫莉。"
　　克利夫进门站在门厅里,吸收着暖气片散发出来的温暖和寂静。女管家给他留了张字条,说在工作室里给他预备好了一壶热咖啡。他没脱大衣,径自上楼来到工作室,拿起支铅笔和一张草稿纸,靠在大钢琴上草草记下那十个下行音符。他站在窗前,盯着那张纸,想象着与之对位的大提琴。不少日子以来,受命为千禧年谱写一部交响乐一直都是一种荒唐的折磨:官僚政治侵扰了他创作的独立性;伟大的意大利指挥家朱利奥·鲍具体能在哪里跟英国交响乐团一起排练一直都悬而未决;媒体的关注要么兴奋过了头要么就充满敌意,轻微却持续不断地惹得他心烦意躁;还有就是他已经两次超过了最后期限的事实——千禧年事实上还早着呢。不过也有像今天这样一心只想着音乐本身、欲罢不能的时候。他把冻得仍有些麻木的左手揣在大衣口袋里,坐在钢琴前只手把他已经写出来的段落弹了一遍,音乐是慢速的,属半音体系,节奏变幻莫测。事实上有两个拍号。然后,他仍旧只用右手,以半速即席创作大提琴的上升和弦,又反复弹奏了数次,加以各种变奏,直到自己满意为止。他草草把新创作的部分记下来,这段属于大提琴音程的极高位置,听起来会像是某种狂怒的能量受到抑制。等到后面,到终曲部分再将其释放出来的话,将会是件赏心乐事。

他离开钢琴,倒了杯咖啡,在惯常的窗边位置把咖啡喝下。三点半,已经黑得需要开灯了。莫莉已经烧成了灰。他将工作一整夜,然后一直睡到第二天的午饭时间。别的也真没什么好做的。创造点什么,然后死去。喝完咖啡后,他再度穿过房间,仍旧站着,仍旧穿着大衣,在琴键上俯下身来,这次双手并用,借着那一丝微弱的午后光线把写下来的音符弹奏了一遍。几乎全对,几乎就是事实真相。表现的是一种对于无法够到的某种东西焦灼的渴念,是无法够到的某个人。过去,正是在这样的时候,他会打电话请她过来,当他坐立不安无法在钢琴前久坐,又因为新的想法激动不已无法离开钢琴的时候。她要是有空就会过来,给他沏茶,或是制作异国风情的饮料,然后坐在屋角那把破旧的老扶手椅上。他们要么聊聊天,要么她会要求他演奏某段音乐,然后闭上眼睛静听。对于她这么一位派对女王来说,她音乐的趣味出奇的朴素。巴赫,斯特拉文斯基,极偶然地听听莫扎特。不过那个时候她已经不是个小姑娘,也不再是他的情人了。他们俩挺适合红尘做伴,只是对待彼此都太过冷嘲,已经不可能旧情复燃,而且他们也喜欢能放松地谈论各自的风流韵事。她就像个知心大姐,评判起他的那些女人来相当慷慨大度,相比而言,他对她的那些男人就远没有她这么大方。除此之外他们就聊聊音乐或美食。而现如今她却已经是雪花石膏骨灰瓮里的细灰了,乔治会把它放在他的衣柜顶上。

最后,他终于暖和够了,虽说左手仍有些麻痛。他把大衣脱下来,扔到莫莉的那把椅子上。重新坐回到钢琴之前,他在屋里转了一圈,把灯都打开。他花了两个多小时的时间为那大提琴的部分修修补补,而且进一步拟出了配器法,完全无视窗外夜幕的降临和交通晚高峰那些模模糊糊、很不和谐的持续音。那不过是通往终曲的一个过渡性桥段;使他神魂颠倒的是那个承诺、那种渴望——他将其想象为一段古老、颓败的阶梯,渐渐地转向视线之外——一种想沿着台阶爬到极顶处的想望,然后经由大幅度的转换,终于达到一个邈远的主音,又通过一簇如消散的迷雾般分崩离析的声音,达至一个归结性的旋律,一句告别辞,一个可辨识的具有穿透般美丽的旋律,它将超越一时的流行,既哀悼这个正在逝去的世纪及其所有麻木不仁的残酷性,同时又欢庆其光辉夺目的创造性。在首演的兴奋早就成为过去,当千禧年的庆典早成过眼云烟,灿烂的烟花、纷纭的评说以及各种简史早已尘埃落定之后,这个令人难以抗拒的旋律仍将作为这个已死世纪的挽歌,万古长存。

这不仅是克利夫,也是授权委员会的奇情异想,是他们选定了这样一位作曲家,其独特之处在于比如说将那个上行的段落想象成古代的阶梯,而且还是石头砌的。就连他的支持者,至少在七十年代,都赠与他"保守主义重镇"的名号,他的批评者更是直斥他"返祖",却都一致认为,林雷是跟舒伯特和麦卡特尼一样,真能写出优美旋律的。这项工作很早就已经交托给他,为的是作品能"自动走进"公众的意识。比如说,已经建议克利夫是否考虑将其中一个喧闹、紧迫的铜管乐部分用作一档主要的晚间新闻的片头曲。这个被音乐界的权威人士斥之为趣味平庸的委员会,尤其期望拿到一首为缅怀这个背负着骂名、正要离去的世纪而创作的交响曲,其中至少能提炼出一个曲调,一首颂歌或者是挽歌,可以穿插到届时举行的官方活动中,就像《今夜无人入眠》可以穿插到足球联赛中一样。穿插以后,它就有机会获得独立的生命,在第三个千年的公众头脑中传唱不已。

对克利夫·林雷来说这问题很简单。他自视为沃恩·威廉斯①的传人,而且认为类似"保守"之类的名号根本就毫不相干,是借自政治语汇的一个错误。除此以外,在他崭露头角的七十年代,无调性和任意音乐、十二音阶、电子音乐、将音高分解为声音,事实上这整个一套现代主义的玩意儿都早已成为学院里教授的正统了。真正成为保守分子和反动

---

① 沃恩·威廉斯(1872—1958),英国作曲家,重视民间音乐,认为民歌是英国民族音乐的源泉,著有交响曲九部,另有歌剧《牲口贩》、声乐套曲《在温洛克边界》及协奏曲和众多歌曲。

派的不是他本人,恰恰是现代主义的那些鼓吹者。一九七五年,他出版了一本百页篇幅的论著,就像所有优秀的宣言一样,抨击与辩护并存。现代主义音乐的那些老卫道士们已经将音乐囚禁在学院的狭小范围之内,成为完全专业的、孤立的精巧玩意儿,严禁他人染指,也由此变得了无生气,与公众之间必不可少的联系被傲慢地完全割断。克利夫以讥讽的口气描述了一次由公众赞助的"音乐会"的情形,音乐会在一个几近废弃的教堂大厅里举行,演出期间一把小提琴折断的琴颈不断地撞到钢琴的腿上,持续了有一个多钟头。附赠的节目单上还解释说,说到以音乐来表现大屠杀的问题,在那个阶段的欧洲历史上为什么其他所有的音乐形式统统是不可行的。克利夫强调说,在那些狂热分子狭小的脑袋里,任何形式的成功,不论多么微不足道,任何公众的认可和欣赏,都确然是美学上的妥协和失败的明证。当有关二十世纪西方音乐的权威历史著成之后,荣誉必将属于布鲁斯、爵士、摇滚以及不断发展演变的民间音乐传统。这些音乐形式充分地证明了,旋律、和声和节奏跟音乐的创新并非是无法兼容的。在艺术音乐中,只有本世纪的前半部分才扮演了举足轻重的角色,之后就只有少数几个特定的作曲家还有所作为了,而克利夫并没有将晚期的勋伯格①及其"追随者"归入其中。

抨击的部分到此为止。辩护的部分从《传道书》中借来那些用滥了的手法,并加以扭曲变形:是时候从那些"政委"手里将音乐重新夺回来了,也是时候重申音乐那不可或缺的交流功能了,因为在欧洲,音乐是在一直高度认可人性之神秘的人文主义的传统下塑造成型的;是时候承认公共的演出是一种"世俗的教会",也是时候认识到节奏和音高的首要地位以及节奏的本质属性了。为了促成此一趋势之到来而又不致使其仅仅成为对过去音乐之重复,我们须得对于"美"发展出一种当代的定义,而如果抓不住"基本的事实",也就不可能有此全新之定义了。在这一点上,克利夫大胆地从诺姆·乔姆斯基②一位同事的几篇尚未发表的理论文章中借用了一些观点,他是在科德角那人的家里度假时读到那几篇文章的:我们"阅读"节奏、旋律和悦耳和弦的功能,正如我们人类独一无二的学习语言的能力,是由遗传天生决定的。

---

① 勋伯格(1874—1951),美籍奥地利作曲家、音乐教育家和音乐理论家,西方现代主义音乐的代表人物。
② 诺姆·乔姆斯基(1928—),美国当代语言学家、哲学家、公共知识分子,为转化语法的奠基人之一,也是最著名的持不同政见者之一。

人类学家发现,这三种基本要素存在于所有的音乐文化当中。我们的耳朵对于和弦的辨别是与生俱来的(而且,如果脱离了和弦的语境,非和弦的不谐和音也就没有意义也没有趣味了)。理解一行旋律是一种复杂的精神活动,可同时又是连初生的婴儿都可以胜任的活动;我们都是同一种遗传的后代,我们都是音乐人;因此,在音乐中界定"美"也就必然关涉到对于广义的人性的界定,这又将我们重新带回到人文传统和人际交往当中……

克利夫·林雷这本《追忆美》的出版时机与他的《交响托钵僧,为弦乐大师而作》在威格摩尔音乐厅的首演不谋而合,这部复调交响曲具有如瀑布般倾泻而下的清晰音色,同时又被一首简直具有催眠功力的哀歌所打断,真是让人既爱又恨,由此既确保了他的声誉也促成了他那本专著的流行。

撇开创造性不谈,写一部交响曲本身就是一项艰辛的体力活儿。每一秒的演出时间都需要你一个音符一个音符地填满,而且是为多达二十几种乐器一一谱写乐谱,经过试演以后再调整总谱,再次试演,再度重写,然后还需要安静地坐下来,静听你的心灵之耳去合成去熔铸所有的增删修改;再修订一遍,直到每一小节都正确无误为止。最后再在钢琴上试奏一遍。午夜时分,克利夫已经扩展出整个的上行乐段并全部谱写出来,开始着手修补在潦草的转调之前管弦乐编曲的重大脱漏之处。到凌晨四点,他已经完成了主要的几个部分,而且确切地知道了转调将如何起到作用,那些迷雾又将如何——消散。

他从钢琴前站起身来,精疲力竭,对自己已然取得的进展感到满意,对未来的走势也略有些担心:他已经将这个庞大复杂的声音机械推进到了一个关节点,终曲部分真正的工作就将开始了,而要完成终曲,眼下只能等待灵感的发明创造了——最后的那个旋律,以其最初以及最简单的样式,在独奏管乐器——或者也许是第一小提琴上直截了当地宣示出来。他已然掘进至核心部分,而且感到了压力重重。他把灯都关掉,朝楼下的卧室走去。他脑子里没有任何初步的概略想法,没有一星半点的细节概念,连一点预感和直觉都没有,就算枯坐在钢琴前面紧锁眉头也不可能找得到。你只能静候佳音。他从经验得知,最好的办法就是放松,退后一步,同时又保持警醒,要敏于感受。他可能得在乡间进行长距离的远足,甚至可能需要很多次长距离的远足。他需要高山峻岭,广阔天空。湖区①也许是个不错的选择。最好的主意将会在他走到二十英里的尽头,当他的心思完全不在音乐上的时候,意外地从天而降。

终于睡下,在完全的漆黑当中仰面躺着,他依旧神经紧张,精神努力的余响仍未断绝,他看到锯齿状的三原色条纹视杆横穿他的视网膜,然后折叠、扭动成为四射的光芒。他两脚冰凉,胳膊和前胸又滚烫。对工作的焦虑转变成为更加原始的、对于夜晚的单纯恐惧:疾病、死亡,还有众多的抽象观念不久就聚焦到了他左手仍旧感觉到的不适上。他的左手感觉冰冷、僵硬而且刺痛,就仿佛他整个人在上面坐了足足半小时。他用右手按摩它,并把它靠在温暖的腹部去暖它。莫莉在多尔切斯特门外扬手招呼出租车时,感觉到的莫非就是这种麻痛?他没有固定伴侣,没有妻子,没有乔治来照顾他,这也许是好事。如若不然又会如何呢?他翻了个身侧面躺着,把毯子拉上来紧紧裹住身体。不然就是疗养院,休息室里一直开着的电视,宾果游戏,还有那些烟不离口、浑

---

① 湖区(Lake District)是英格兰西北部坎布里亚郡的著名风景区,区内有全国的主要湖泊温德米尔湖和最高山脉斯科费尔峰。英国的湖畔诗人华兹华斯就诞生并安葬于此地,19世纪初叶以来即成为众多骚人墨客的旅居地。

身尿骚味、口涎直流的糟老头子——这个他可受不了。明天一早他就去看医生。可莫莉就是这么做的呀,结果他们送她去查个没完没了。他们能监控你病患的发展,可他们并不能阻止病患的恶化。还是离他们远点吧,你自己身体的恶化由你自己掌控,到了你已经不可能再工作,或者有尊严地活下去的时候,来个自我了断,可他又怎么能及时阻止自己越过那个点呢?莫莉一转眼就已经没有了自我意识,到时候他肯定会孤苦无依、判断力全无、愚蠢麻木到无法自我了断。

多么荒唐的想法!他坐起身来,摸索着打开床头灯,从一本杂志底下拿出安眠药片,放在平时他是不肯吃的。他取出一片,倚在枕头上慢慢嚼碎。他仍旧按摩着左手,用各种明智的想法抚慰着自己。他的手不过是受了凉,仅此而已,而且他有些累过了头。他生命中的正当事务就是工作,就是完成一部具有浑然天成的抒情性高潮的交响曲。一小时前还让他压力重重的,眼下则成了他的安慰。十分钟后,他关掉床头灯,侧身躺下:总归还有工作可做。他将在湖区漫步。那些神奇的名字在抚慰着他:布里里格,海斯太尔,帕维阿克,斯沃尔豪①。他将步行穿

---

① 均为湖区山地名。

越朗斯特拉斯山谷,越过溪流,朝斯科费尔峰攀登,最后经由艾伦危崖①回家。他对这一路线非常熟悉。在野外远足,站在高高的山脊上,他的健康马上就会复原,他会看得清清楚楚。

他已经吞下了安眠药,现在不会再有那些折磨人的胡思乱想了。这想法本身就是种安慰,所以远在药性到达大脑之前,他的双膝已经朝胸部蜷起,完全释然了。哈德诺特,伊尔贝尔,库德佩克②,可怜的危崖,可怜的莫莉……

---

① 朗斯特拉斯山谷、斯科费尔峰与艾伦危崖均是湖区著名山景,斯科费尔峰更是英格兰最高峰。
② 均为湖区山地名。

第二部

一

　　在上午一次难得的间隙当中，一个念头突然袭上弗农·哈利戴心头：他可能并不存在。足有连续三十秒钟的时间，他不受打搅地坐在办公桌前，手指轻敲着脑袋，忧心忡忡。自从两小时前来到《大法官报》①社，他已经跟四十个人分别进行了认真的交谈。而且不止是交谈，在所有的交流当中，除了两次以外，他还都已经拍了板、排了序、授了权、选了定，或者起码提供了意见，而他的意见又是注定要被当作命令来执行的。可是，一言九鼎的权力操控却并未像平常那样锐化了他的自我感觉；相反，弗农竟然觉得他自己被无限地稀释了；他不过成为了所有那些听他发号施令的人的总合，而只剩下他一个人的时候，他就一无所剩了。当他在孤独中想到一个主意时，却根本就没有一个人跟他分享。他的坐椅上空空如也，他在整幢大楼里整个地消失不见了，他既不在七楼的本地新闻部——他本来是到那里去进行干预,以免一个工龄很长却不会拼写的文字编辑遭到解雇的;他也不在地下停车场排忧解难——停车位的分配已经导致高级职员们公开开战,一位主编助理几乎要因此而辞职不干了。弗农的坐椅上空空如也是因为他正在耶路撒冷,正在下议院,正在开普敦和马尼拉,他就像尘埃一样散布于全球各地;他正在上电视、上广播,在跟某位主教共进晚餐,在针对石油产业发表演说,或是跟欧盟的专家们进行研讨。一天当中,当他难得短暂地独处片刻时,有一道光也就此熄灭。就连继起的黑暗都没有罩住特别的某个人,或者为特别的某个人带来不便。他都不能肯定地说,缺席的那个人就是他自己。

这种缺席感自从莫莉的葬礼之后更其明显了,这种感觉已经侵蚀入他体内。昨天夜里,他在熟睡的妻子身边醒来,必须得摸着自己的脸才能让自己放心,他仍旧还是个有形的实体。

他要是在餐厅里把他的几个高级职员拉到一边,将他的情形跟他们推心置腹的话,他一定会对他们的漠不关心惊诧

---

① The Judge,加顶冠词且首字母大写,指的并非一般的法官、裁判,而是所谓的"最高审判者"——上帝。这份报纸的命名可真够牛的。

莫名。众所周知,他是个没什么棱角的人,既没什么缺点也没什么美德,在大家眼里是个可有可无的主儿。在他的专业领域,弗农因为他的无足轻重而受到推崇。他竟然能坐上《大法官报》的主编宝座,在新闻界委实算得上奇迹一桩,在伦敦城里的酒吧当中一直都是大家嚼舌头的话题,怎么夸张都不为过。想当年,他曾连续为两任很有才华的主编担当副手,不温不火又尽职尽责,已经显示出既不会树敌也不会拉帮结伙的本能的天赋。驻华盛顿的记者病倒以后,弗农受命接替其职位。上任的第三个月,在为德国大使举行的一次宴会上,有位国会议员误将弗农认作了《华盛顿邮报》的撰稿人,向他透露了总统的一桩有失检点的行为——花纳税人的钱给自己做了个发根植入术。大家普遍认为,这桩在美国国内政坛沸沸扬扬闹腾了差不多一个礼拜的"头顶门"事件,就是由弗农·哈利戴在《大法官报》踢爆的。

而与此同时,伦敦大本营里,一位很有才华的主编在跟爱管闲事的董事会的血腥战斗中败下阵来。弗农的回国正好赶上报社所有权利益突然间的重新调整。泰坦神们被推下了神座,舞台上遍布这些巨灵的断肢残骸。杰克·莫比这个董事会自己的禄虫胥吏,也未能成功地将这份年高德劭的严肃大报推广至低端市场。除了弗农,再没有旁人可堪重任了。

　　眼下,他坐在办公桌前,小心翼翼地按摩着自己的头皮。最近,他已经意识到,他正学着跟自己的非存在状态和平共处呢。他不能老是在哀悼某种他已经不怎么记得的东西的流逝吧——而这种东西就是他自己。这一切都是一种糟心的忧虑,不过也就持续个几天,而眼下已经表现为一种身体的症状,涉及他整个的右半侧脑袋。不知怎的将颅骨和大脑都包括在内了,这种感觉实在无法用言语来表达。或者,那可能是一种感觉的突然中断,由于来得太过频繁又过于熟悉,以至于他都没有意识到它的存在——正如一种声音,你只有在它停下来的时候才意识到它刚刚还在。他很清楚这种感觉是什么时候开始的:就是前天晚上,他吃完晚饭站起来的那一瞬。第二天早上醒来时还在,持续不断又难以言传,不是冰冷,也不是憋闷或者轻飘飘的,而是兼而有之。也许最适合描述这种感觉的那个字眼就是死,他的右半脑已经死了。他认识的人当中已经有那么多已经死去,所以在他目前这种分裂的状态下,他可以开始以平常心态来考虑自己人生的收场——一小阵乱哄哄的埋葬或是火化,一小抹悲伤用来陪葬,然后生活仍在继续,他被彻底遗忘。也许他已经死了。或者,他再次强烈地感觉到,也许他需要的无非是拿把中等大小的锤子在他脑袋一侧猛敲两下。他拉开办公桌的抽屉,里面有一把金属尺子,是接连第四任未能扭转《大法官报》销量下滑的主编莫比留下来的。弗农·哈利戴正努力避免成为第五任。他已经把那把尺子举到右耳上方几英寸的地方,此时有人在他开着的门上敲了一下,他的秘书琼走了进来,他于是不得不把那下敲击转变为沉思状态下的轻挠。

"今天的日程安排。二十分钟后开会。"她撕下一张日程表递给他,出去前把其余的放在了会议桌上。

他浏览了一遍日程安排。在"国际"版里,迪本正在写一篇"加莫尼在华盛顿大获全胜"的报道。这篇报道需要写得深表怀疑,或者干脆充满敌意。要是果真大获全胜的话,它也就不会出现在头版之上了。"国内"版里,历经波折之后,科学编辑终于写出了有关威尔士某所大学搞的反重力机的文章。这是个能引起关注的话题,弗农一直在追着要这篇报道,本来还指望这是个你可以绑在鞋底上的小玩意儿,谁知这玩意儿实际上竟然重达四吨,需要九百万伏特的电压驱动,而且仍然运转不了。不管怎么说他们还是得登,就放在头版的报屁股上算了。"国内"版里还有一篇叫《钢琴四重奏》——一位钢琴家生了四胞胎。他的副手,再加上特写部以及国内部的全体编辑,正为了这篇报道跟他争执不休,打着现实主义的幌子吹毛求疵。他们说,现如今四个哪里够呀,而且谁都没听说过那位母亲是何许人也,根本就谈不上漂亮,而且还不乐意接受采访。弗农已经将这些意见驳回了。上月的平均发行量比前月下降了七千份,《大法官报》的时间已经所剩无几了。他仍在考虑是否刊登一篇连体双胞胎的稿子:这对双胞胎屁股连在一起,其中一位的心脏太弱,所以不能被分开,他们在当地的政府谋得了一份差事。"我们如果还想拯救这份报纸,"弗农喜欢在上午的编辑会议上这么说,"你们就都得准备好把手弄脏。"大家都点点头,又没有一个人真正同意。在那些老家伙——那帮"语法学家"看来,《大法官报》的兴衰全系于其智识上的德行。这种观点让他们倍觉安心,因为报社里迄今为止还没有一个人——除了弗农的几位前任主编——被解雇过。

先到的各版编辑和副编们正鱼贯而入的时候,琼从门口朝他挥手,示意他接个电话。想必非常重要,因为她正用口型比划出一个名字来。乔治·莱恩,她用唇语告诉他。

弗农背转身去,记起了他是如何在葬礼上对莱恩避而不见的。"乔治。葬礼的场景真是感人至深。我正要给你写几句……"

"是呀是呀。冒出来样东西。我想你该看看。"

"什么样的东西?"

"照片。"

"你能叫个人送过来吗?"

"绝对不成,弗农。这可是劲爆非常呀。你不能现在过来?"

弗农对乔治·莱恩的鄙视并非都跟莫莉有关。莱恩拥有《大法官报》百分之一点五的股份,而且为报社的重组投了钱,那次重组的标志就是杰克·莫比的下台和弗农的擢升。乔治认为弗农欠了他的情。再有就是乔治对报业的操作一无所知,所以他才会以为一位全国性日报的主编可以在上午十一点半的时候横穿整个伦敦,溜达到他住的荷兰公园。

"我这会儿相当忙。"弗农道。

"我这可是在帮你一个大忙呢,这种猛料《世界新闻》可是会不惜一切代价的哦!"

"晚上九点以后,我抽个时间过去吧。"

"很好,到时候见吧!"乔治气鼓鼓地把电话给挂了。

这个时候,会议室里就只有一把椅子没人坐了,弗农一坐下来,大家的闲谈也就平静下来。他摸了摸脑袋的一侧。现在,他又跟大家在一起,又回到他的工作当中了,他内心的那种缺失感也就不再折磨他了。昨天的报纸铺展在他面前,他面对几乎是鸦雀无声的大家问道:"这篇讲环境的社论是谁审订的?"

"帕特·雷德帕斯。"

"在这篇文章中,'充满希望地'并非是个句子副词,也永远不可能是,尤其是在一篇要命的社论里面。还有'谁都没有'……"他拖长了声音以造成戏剧性效果,同时假装在浏览那篇文章,"'谁都没有'通常接一个单数动词。这两样大家都该没有什么异议吧?"

弗农感受到了会议桌上的普遍赞同,这正是那些语法学家们乐意倾听的事儿,他们会一起眼看着这份报纸带着其语法上的纯净走进坟墓。

让大家都高兴了一下之后,他马上加紧步伐。他极少数的创新之一,或许是他迄今为止唯一的创新,就是将每天的例会时间从四十分钟压缩到一刻钟,方法其实很简单,有几项强制性规定：事后诸葛亮的话不许超过五分钟——事情已然过去了，多说也无益；不许讲笑话，而且尤其是不许讲所谓的奇闻轶事；他不讲，所以大家也都不能讲了。他转向国际版，眉头一皱，"安卡拉举行陶器碎片展？这也算条新闻？而且长达八百个单词？我真是搞不懂了，弗兰克。"

弗兰克·迪本，国际版的副编，做了解释，也许语气上带上了一丝嘲弄。"噢，你瞧，弗农，这次展览是一次范例，代表了我们对于早期波斯帝国影响的理解上有了一种根本性的转变……"

"破瓦罐代表的范例转变可不是什么新闻了，弗兰克。"

格兰特·麦克唐纳是副主编，坐在弗农旁边，此时委婉地插言道："事情的原委是朱莉未能从罗马把稿子发过来，他们不得不把空白给填……"

"又来了，这次又是因为什么？"

"她得了丙肝。"

"美联社有什么新闻吗？"

迪本勇敢地捍卫道："咱们这篇更加有趣。"

"你错了，这会让人倒尽胃口，就连《泰晤士报文学增刊》都不会登！"

大家进而讨论当天的日程安排。各版的编辑轮番概述一下他们手上都有哪些报道,轮到弗兰克的时候,他极力想把他写的加莫尼的报道推上头版头条。

弗农听他把话讲完,而后道:"他本来应该去布鲁塞尔的时候却跑去了华盛顿,背着德国人直接跟美国人做成了笔交易。短期的蝇头小利,只会带来长期的灾难。他做内政大臣时就糟糕透顶,到了外交部更是变本加厉了,他要是当上了首相就会成为咱们大家的祸根——这事儿倒是越来越有谱了。"

"哦是呀,"弗兰克同意道,他把语气放委婉,掩藏因为那条安卡拉的新闻被毙掉他感到的愤怒,"所有这些你在你的社论中都已经说过了,弗农。但问题的要点并不在我们是否同意这桩交易,而在于它本身是不是有价值。"

弗农琢磨着他是不是可以就此把弗兰克开掉。他这是在干吗呢,还戴着一个耳环?

"说得没错,"弗农热忱地说,"我们在欧洲,美国人希望我们待在欧洲,英美之间所谓的特殊关系已经成为历史,这桩交易没有任何价值。这篇报道还是放在内页吧。与此同时,我们要继续让加莫尼难受。"

然后是体育版编辑陈述,弗农最近以牺牲艺术和图书版为代价把体育版扩大了一倍篇幅。再就轮到莱蒂斯·奥哈拉了,她是特写版的编辑。

"我需要知道我们是否继续报道威尔士的儿童福利院。"

弗农道:"我已经看到那份嘉宾名单了,有不少大人物。万一出了错,我们可付不起打官司的开销。"

莱蒂斯看起来松了一口气,然后开始描述她写的一篇调查报道,是她受命追踪荷兰的一起医疗丑闻的结果。

"显而易见,有些医生是在利用安乐死的法律①以谋求……"

弗农打断了她,"我想在周五的报上登那篇连体双胞胎的稿子。"

呻吟声四起,可是谁会头一个跳起来反对呢?

是莱蒂斯——"我们连张照片都没有。"

"那今天下午就派个人去米德尔斯布勒②跑一趟。"见大家都沉着脸一言不发,弗农于是继续道,"瞧,这对连体双胞胎在当地卫生部门的一个科室工作,叫做未来计划科——这

---

① 荷兰是世界上第一个安乐死合法化的国家。
② 米德尔斯布勒(Middlesbrough)是英格兰东北部港市,克利夫兰郡首府。

可真是低能儿的梦想。"

国内版的编辑杰里米·鲍尔道："我们上个星期通过话,当时说没问题,可是他昨天又打来电话——我是说另外那一半,另外那个脑袋,他不想接受采访,也不想让人拍照。"

"哦上帝!"弗农叫道,"你没看出来?这些都可以写进报道里啊。他们闹翻了,这可是大家最想知道的——他们如何解决争端?"

莱蒂斯面沉似水,"明显有咬痕,两张脸上都有。"

"太棒了!"弗农大叫,"还没人写到过这一点呢。星期五,拜托,第三版!好了,现在继续。莱蒂斯,第八版的这个象棋副刊,老实说,我还没有被你说服。"

二

又过了三个小时,弗农才再次得以独处。他在卫生间,边洗手边照着镜子。镜子里是他的影像,可他却并不能完全肯定。那种感觉,或者不如说那种非感觉,仍旧占据着他的右半脑,就像一顶箍得太紧的帽子。当他用手指摸索着头皮的时候,他都能分辨出那条边线,也就是分界线,左侧的感觉跟右侧已经不太对等,而变成了右侧的影子,或者不如说成了它的幻影。

他把手放在烘干器底下的时候,弗兰克·迪本走了进来。弗农觉出这个年轻人跟着他进来是有话要跟他讲,因为多年的经验告诉他,一个男性记者是不太容易当着他总编的面,或者不如说宁肯不要当着他总编的面小便的。

"你瞧,弗农,"弗兰克站在小便器前面说,"今天早上的事我很抱歉,你对加莫尼的看法是完全正确的。我真是昏了头。"

弗农并没有从烘干器那儿转过头来,而是选择继续烘他的手,免得被迫直视那位正在撒尿的国际版副编。迪本事实上尿得正欢,简直有雷霆万钧之势。没错,如果弗农真要开掉什么人的话,非弗兰克莫属。此君眼下正在极有魄力地抖动全身,比正常甩动的时间恰恰多出了那么一秒,然后又加紧进行他的道歉。

"我是说,你不给他太多的版面是绝对正确的。"

卡西乌斯①跃跃欲试了,弗农暗忖。他先要当上他部门的头儿,然后就要觊觎我的位置了。

迪本转向洗手池。弗农把手轻轻在他肩膀上一放,表示既往不咎。

"没关系,弗兰克。开会的时候我巴不得听到反对的意见呢,开会不就是为了这个嘛。"

"你这么说真是宽宏大度,弗农。我只是不想让你觉得我会对加莫尼示弱。"

亲亲热热地直呼其名也就标志着交换意见到此为止。

---

① 卡西乌斯(Caius Cassius Longinus,前85?—前42),古罗马野心勃勃的著名将领,公元前44年阴谋刺杀恺撒的主谋。

弗农意在安抚地皮笑一下,就迈步来到走廊。琼就等在卫生间门口,拿着一摞信件要他签字。她后面是杰里米·鲍尔,杰里米后面是托尼·蒙塔诺,报社的总经理。还有个弗农没看清楚的什么人刚刚排在了队尾。主编大人开始朝他的办公室前进,边走边在信件上签名,一边还听着琼——列举他本周的约会安排。大家都跟在他屁股后头。鲍尔说:"有关米德尔斯布勒的照片,我想最好避免上次咱们报道残疾人奥运会时招惹的那种麻烦。我想我们应该弄一张一目了然的……"

"我需要的是一张令人激动的照片,杰里米。我不能一个星期见他们两回,琼,那可不行。跟他说星期四。"

"我想能不能来点维多利亚式的高尚玩意儿,画一幅尊严堂皇的肖像画。"

"他就要远赴安哥拉了,他想在见过你以后就直接赶赴希思罗机场。"

"哈利戴先生?"

"我可不想要什么尊严堂皇的肖像画,哪怕是用在讣告上。我要的照片是要能清楚地看出他们相互咬伤的痕迹的。那好吧,他出国前可以来见我。托尼,你找我可是为了停车位的事儿?"

"我怕是已经看到他辞职信的草稿了。"

"我们肯定还是能找到一小块地皮的吧。"

"这些办法我们都想过了。维修部的头儿提出可以出卖他的停车位,作价三千镑。"

"我们不会因此有大肆煽情之虞吗?"

"在两个地方签字,在我标出的位置签首字母就行。"

"这没有什么煽情之虞,杰里米。这是我们必须履行的承诺。可是托尼,维修部的头儿根本就没有车呀。"

"哈利戴先生?"

"那个车位是他分内应得的。"

"给他五百镑。是这个数目吧,琼?"

"这个我还没时间去估算。"

"致各位主教的感谢信才刚刚开始打。"

"要是兄弟俩都争着在电话上讲话该怎么办?"

"对不起,您是哈利戴先生吗?"

"效果太弱,我要的是能讲故事的照片。花点工夫实地去弄总能搞得到,不要怕把手给弄脏,忘了?我说,要是维修部那家伙用不着停车位,就该干脆没收……"

"他们又要罢工了,就跟上次一样。所有的终端都会完蛋。"

"好吧好吧。你来决定,托尼。要么五百镑买下,要么终端完蛋。"

"我会叫图片部的人马上赶过来……"

"多此一举,直接把他派到米德尔斯布勒就得了。"

"哈利戴先生?请问您就是弗农·哈利戴先生吧?"

"你是哪位?"

叽叽喳喳的一群人暂停了一下,一个瘦小枯干、正在谢顶的男人挤上前来,他一身黑衣,上衣扣得紧紧的,用一个信封碰了一下弗农的胳膊肘,然后交到弗农手上。接着此人两脚叉开站定,用一种演讲式的单调语音读起他双手捧着的一张纸。"据本信纸抬头注明的、当事人户籍所在处之法庭授予我之权力,我特向你,弗农·西奥博尔德·哈利戴,宣读上述法庭之命令如下:居住于伦敦 NW1 区鲁克斯①十三号之弗农·西奥博尔德·哈利戴,《大法官报》之主编,对于下文简称为本材料之禁印内容,不得发表或提供他人发表,不得

---

① The Rooks 这个地名应该是作家的杜撰,本意是"秃鼻乌鸦"、"骗子手"。

通过电子或其他任何媒介传播或者散布,不得在印刷品上进行描述或提供给他人描述,也不得描述本命令之性质及条款;前述之材料具体为……"

那个瘦子笨手笨脚地翻过一页,与此同时,主编大人、主编秘书、国内版编辑、国际版副编以及总经理全都朝那位法警俯身下去,静候下文。

"……所有有关居住于卡尔顿花园一号之约翰·朱利安·加莫尼先生之肖像素材,不论是照片之复制,抑或其他各种复制方式,是镌版、绘制还是其他任何方式……"

"加莫尼啊!"

每个人都立马开讲,身穿小了两号衣服的瘦子那词藻华丽的最后挥洒也就湮没无闻了。弗农抬步朝他的办公室走去。这些条文面面俱到,可是跟加莫尼扯不上干系,毫无干系。他走进办公室,一脚把门踢上,拨了个电话号码。

"乔治,你说的那些照片是加莫尼的。"

"在你到我这儿来之前,我一概无可奉告。"

"他已经送达了一纸禁止令。"

"我跟你说过它们火爆得很,我想你的公众利益的论点是不容辩驳的。"

弗农刚挂上电话,他的私人电话就响了,是克利夫·林雷。弗农自从参加完葬礼就再没见过他。

"我需要跟你谈件事儿。"

"克利夫,对我来说这可真不是最好的时机。"

"这我知道。可我需要见你一面,事情重要。今晚你下班后如何?"

老朋友的话音中带着沉重,弗农不忍心就这么把他给打发掉。尽管如此,他还是三心二意地推托。

"今天真是焦头烂额……"

"不会占用你很长时间。事情重要,真的重要。"

"那好吧,今晚上我要去见乔治·莱恩。我想我可以顺路去见你一面。"

"弗农,感激不尽。"

挂上电话后,他有那么几秒钟为克利夫的态度感到纳闷。那么急迫又那么意气消沉,简直如丧考妣,同时又相当郑重其事。显然是有不幸的事情发生。他不禁开始为他的刻薄促狭感到脸红。在弗农的第二度婚姻破裂的时候,克利夫的表现可真够朋友;在所有的人都认为他纯属浪费时间的时候,又是他鼓励他去竞聘主编的宝座。四年前,弗农因为感染了一种罕见的脊椎病毒,缠绵病榻,克利夫几乎每天都来看望他,给他带来无数书籍、音乐、录影带和香槟。一九八七年弗农失业了好几个月,克利夫一次就借给他一万镑。两年以后弗农才无意中发现,那笔钱是克利夫自己从银行现借的。可事到如今,当他的朋友需要他的时候,他弗农却表现得像头猪。

他把电话拨了回去,可是没人接听。他正打算再拨一次的时候,总经理带着报社的律师闯了进来。

"你掌握了一些加莫尼的材料,却瞒着我们。"

"绝对没有,托尼。显然是有什么东西散播了出来,他惊慌失措了。该派个人查查他是不是还给别的什么人送达了禁止令。"

律师道:"查过了,就咱们一家。"

托尼颇表示怀疑,"你真的一无所知?"

"一无所知,简直晴空一声霹雳。"

接下来还有更多此类表示怀疑的问题,弗农一概坚决否认。

准备离开前,托尼又郑重道:"现如今,你不会背着我们擅自做任何事儿吧,弗农?"

"你了解我的。"他说着还故意眨了下眼睛。那两个人一出门,他就抓起电话,刚开始拨克利夫的号码,就听见外面的大办公室里一阵喧哗。他的门被一脚踹开,一个女人冲了进来,后面跟着琼,朝天转着眼珠子对总编表示同情。那个女人在他的办公桌前一站就开始淌眼抹泪,手里还握着一封揉皱了的信——这就是那位患有阅读障碍症的文字编辑。很难听明白她到底在说些什么,不过弗农听明白了她一再重复的那句话。

"你说过你会支持我的,你许诺过的!"

当时他是不可能知道的,事实上,这个女人闯进门之前的那一刻,就是他单身独处的最后机会了。直到当晚的九点半,他才离开办公楼。

三

莫莉过去常说,她最喜欢克利夫那所宅子的地方就在于他在里面住了那么长时间。早在一九七〇年,他的大多数同龄人都还在租借屋里暂时栖身,就连购买第一套半地下室的单元也还要再等上几年,克利夫却从他一位富有却没有子嗣的伯父手里继承下一幢巨大的拉毛灰泥粉饰的别墅,别墅的三四层还特意打通了一个两层高的艺术家工作室,工作室巨大的弓形窗户朝北俯瞰着一大堆乱七八糟的斜屋顶。为了跟时代潮流和自己的青春年少保持一致——他才刚满二十一岁——他把外墙漆成了紫色,室内塞满了他的朋友,大都是音乐家。颇曾有些名流在这儿过往,约翰·列侬和小野洋子在这儿待了一个星期。吉米·亨德里克斯[①]待了一晚,而且可能就是此君引发了那场烧毁楼梯栏杆的小火灾。七十年代渐渐逝去,这幢宅子也安静了下来。朋友们仍旧会留下过夜,不过最多待上个一晚两晚,而且再也没有人睡地板了。拉毛灰泥的粉饰又回复了奶油色,弗农在那儿当了一年的房客,莫莉待了一个夏天,一架三角钢琴抬进了画室,书架也打制了起来,东方地毯盖上了经纬毕露的旧地毡,好多件维多利亚时代的家具搬了进来。除了几张旧床垫以外,极少再有什么东西被搬出去,这一点肯定也是莫莉喜欢看到的,因为这个宅子就是一种成年生活的历史,它记载了趣味的变迁、激情的消减和财富的累积。伍尔沃思②出品的最早一批餐具仍旧跟真正的古董银器摆放在同一个厨房抽斗里。英国和丹麦印象主义画家们的油画,跟克利夫早期几次非凡成功以及著名摇滚音乐会的褪色海报不分彼此地悬挂在一起——披头士在谢伊体育场、鲍勃·迪伦在怀特岛、滚石在阿尔塔蒙特的盛大演出,有些海报比那些油画还值钱。

到了八十年代早期,这儿成了一位年轻、富有的作曲家的家——那时候他已经为戴夫·斯皮勒红极一时的影片《月

---

① 吉米·亨德里克斯(Jimi Hendrix,1942—1970)为 James Marshall Hendrix 的别名,美国蓝调和摇滚吉他手,以创新的电吉他演奏法及 60 年代青年人反传统文化的象征而著名。
② 伍尔沃思(F. W. Woolworth,1852—1919)是美国商人,在全国经营上千家连锁零售商店,为近代"五分一角"零售商店的始作俑者。

亮上的圣诞节》谱写了音乐。于是克利夫在志得意满之时就会觉得，有某种特别的尊贵，似乎正从阴沉沉的挑高天花板上降落到巨大臃肿的沙发，以及所有那些在洛茨路购买的既算不得垃圾也称不上古董的家什上。等到有一位精力充沛的女管家开始专司维持秩序的时候，这种俨然的感觉也就愈发俨乎其然了。那些还算不得垃圾的家什蒙了尘或是抛了光，开始显得像是真古董了。最后一批房客星散之后，这幢宅子里的寂静也就如手工打磨般精细了。也就几年的时间，克利夫就经历了两场闪电般的婚姻，既没留下子嗣，简直就像是毫发无损。曾跟他有过密切交往的女性全都住到了国外。现在交往的苏茜·马塞兰住在纽约，即便是回来也从来待不长。岁月的流逝与所有的成功收窄了他的生活，使他只为更高的目标而活；他正变得不再那么热情洋溢，反而对他的隐私谨小慎微。目前，还从未有传记作家和摄影师受邀进入这幢宅子，而克利夫利用朋友相聚、情人幽会或者大开派对的间隙就能灵感突发写出一个大胆开头、甚至一首完整歌曲的日子也早就一去不复返了，敞开大门大宴宾客的时代永远不再了。

　　不过，弗农仍旧乐于来访，因为他自己的成长过程就有很多是在这里经历的,他对这里的记忆也都是甜蜜的:众多女友,各种毒品,狂欢之夜,还有在宅子后面的一个小卧室里通宵达旦地工作。思绪又回到了那个打字机和复写纸的时代。即便是现在,当他步出出租车,登上大门的阶梯时,他再度体验到,虽说只是似是而非地体验到一种现如今已经再也无从体验到的感觉,一种真诚的期望,一种什么事都可能发生的感觉。

克利夫打开大门的时候,弗农并未看出他脸上有什么忧虑或是危机的直观表情。两位朋友在门厅相互拥抱。

"冰箱里有香槟。"

克利夫取来酒瓶和两个杯子,弗农跟着他上了楼。宅子里有一种关门闭户的气氛,他猜想克利夫已经有一两天足不出户了。半掩的门后显出卧室的一团凌乱,他在全身心投入工作的时候会把女管家关在门外。工作室的状态更加强了这种印象。草稿纸铺满了地板,脏盘子、杯子和红酒杯散落在钢琴、键盘和迷笛电脑周围,克利夫有时候利用它来完成管弦乐编曲。空气让人觉得闷气而又潮湿,仿佛已经被反复呼吸过很多次。

"对不起,太乱了。"

他们俩一道把扶手椅上的书和纸张清理了一下,然后端着香槟坐下来促膝闲谈。克利夫把他在莫莉的葬礼上跟加莫尼的遭遇告诉了弗农。

"外相当真说了'滚你娘的'?"弗农问,"这倒可以用在日志里。"

"正是,我正尽可能不挡任何人的道儿。"

既然话题扯到了加莫尼,弗农就讲了当天上午他跟乔治·莱恩的两次交谈。这本该正对克利夫的口味,可他对于照片和禁令竟然没有表现出丝毫的好奇,像是一边耳朵进一边耳朵出。事情刚一讲完他就站起身来,重新把酒满上,预示着要改变话题的沉默相当沉重。克利夫把酒杯放下,一直走到工作室的尽里头,然后又踱回来,轻柔地按摩着左手的手掌。

"我一直在想莫莉的情况,"他终于开口道,"她死的那种方式,死亡的神速,她的无助,她是多么不想以那种方式死去……就是我们之前一直谈论的那些事。"

他欲言又止。弗农啜着酒,等他的下文。

"唔,事情是这样,我刚刚也受了一点小惊吓……"说到这里他提高了下嗓音,意思是弗农无需对此表示关切,"也许什么事儿都没有。你知道,就是那种大半夜吓得你冒汗,可到了大白天又显得荒唐可笑的念头。我想谈的不是这个。几乎可以肯定没有任何事,不过我现在就提出我的请求也不会有什么损失。就假设我确实已经身患重病,就像莫莉那样,我开始走下坡路,开始犯下各种严重的错误,就比如判断失误啦,连各种东西叫什么都不记得了,甚至忘了我是谁,就是这类的状况。我想确保到时候有人能帮我做个了断……我是说,帮我结束生命。特别是如果我真到了自己都无法做出决定,或者无法实施我的决定的地步。所以,我要说的就是这个——我想请求你,我相交最久的老友,如果真到了你觉得该走那一步的时候,你能帮我做个了断。就像如果我们能做得到的话,我们会帮助莫莉一样……"

克利夫拖着步子走开了,被弗农的目光弄得有点仓皇失措,弗农举着酒杯目瞪口呆地盯着他,就像是酒喝到一半被原地冻住了一样。克利夫大声清了清嗓子。

"这个要求是够奇怪的,我也知道。在这个国家里这还是违法的,而且我也不想置你老兄于法律的对立面,当然这是在假设你会答应我的请求的情况下。不过果真到了那一步,还是有办法,也有地方可以付诸实施的,我求你能把我弄上飞机,运到那里。这个责任非同小可,我只能求助于你老兄这样的密友。需要强调的一点是,我并非是在恐慌之类的状态下说这些话的,我已经反复考虑过了。"

然后,由于弗农仍旧悄没声地坐着,不错眼地盯着,他又多少有些尴尬地加了一句:"喏,就是这么回事。"

弗农把酒杯放下,挠了挠头皮,然后站起身来。

"你不想谈谈你受的那点小惊吓吧?"

"绝对不想。"

弗农瞥了一眼手表,和乔治的约会要迟到了。他说:"喏,你瞧,你要我做的事可是非同小可,这可得考虑考虑。"

克利夫点了点头。弗农朝门口走去,走下楼梯。在门厅里他们俩再度拥抱。克利夫打开大门,弗农迈步走进户外的夜晚。

"我需要好好考虑一下。"

"是该这样。多谢你特意过来。"

两个人都意识到,这个请求的性质、它所具有的亲密性以及对于他们之间友谊的自觉反映,已然暂时造成了一种让人挺不舒服的感情用事的亲近感,对此最好的处理方式还是在分手时不要再多说什么。弗农快步走到街上想叫辆出租车,克利夫则回到楼上,回到他的钢琴旁。

四

莱恩亲自打开了他荷兰公园豪宅的大门。

"你迟到了。"

弗农觉得乔治是在扮演报业大亨的角色,召唤他的编辑前来听命,因此拒不道歉,甚至拒不答话,跟着主人穿过一个明亮的门厅进入起居室。幸运的是,那里没有任何东西使弗农想起莫莉。房间的装饰,照莫莉的一次描述,是白金汉宫的风格:厚厚的芥末黄地毯,巨大的灰粉色沙发和扶手椅,上面还有提花葡萄藤和涡卷形装饰图案,几幅描绘草地上的赛马的暗棕色油画,还有弗拉戈纳尔的复制品,镶在巨大镀金画框里的田园淑女在荡秋千①。喷过漆的黄铜灯具将这整个豪华而又空荡荡的地方照得过于明亮。乔治来到那座饰有巨大角砾岩形状大理石边缘的、具有炭火效果的煤气壁炉前,然后转过身来。

"来杯波尔图吗?"

弗农意识到自从午饭时间吃了个奶酪生菜三明治以后,他还什么都没吃。否则的话,乔治这自命不凡的室内装饰又怎能让他如此反胃?而且这位乔治又干吗要在日常衣服外面再罩上件丝质的晨衣?这个人纯粹就是个变态。

"多谢,那就来一杯。"

他们隔开了几乎有二十英尺的距离坐着,中间还隔着那座嘶嘶作响的壁炉。要是他独自一人待上哪怕半分钟,弗农暗想,他恐怕早就四肢着地爬到壁炉围栏前,拿自己的右边脑袋撞上去了。即便眼下有人做伴,他也着实感觉不舒服。

"我已经看到 ABC 指数了,"乔治俨乎其然地道,"不妙啊。"

"下滑的速度非常缓慢。"这已经是弗农的自动反应,是他的祷文和咒语了。

"不过,仍在下滑。"

"止跌回升是需要时间的。"弗农尝了一口波尔图,以回想以下的事实来自我安慰:乔治不过才拥有《大法官报》百

---

① 弗拉戈纳尔(J. H. Fragonard,1732—1806),法国画家,原坚持洛可可风格,后期倾向新古典主义,有《秋千》等名画传世。

分之一点五的股份,而且他对业务是一无所知。记得以下事实也颇有用处,即他的财富、他的出版"帝国"是植根于对那些知识贫弱的读者积极有效的剥削基础之上的,大肆宣扬的无非是《圣经》里隐藏的数字密符早就预言了未来啦,印加人本是从外太空里降落到地球上的啦,圣杯①啦,约柜②啦,基督复临③啦,乃至于第三眼④,第七封印⑤,甚至希特勒还在秘鲁好好地活着啦,等等,不一而足。要想听乔治来论列世道人情,可是着实不易。

"依我看,"他说,"你们现在最需要的是个具有轰动效应的故事,能让群情激昂,燃起熊熊烈火的大事件,让你们的竞争对手疲于奔命却只能望洋兴叹、徒呼奈何。"

---

① 圣杯(Holy Grail)是传说中耶稣基督在最后的晚餐中使用过的酒器和餐具。
② 约柜(Ark of the Covenant)内置刻有十诫的两块石板,藏于古犹太圣殿内的至圣所。
③ 基督复临(Second Coming)指将来耶稣基督光荣重返世界立国,审判仇敌并奖赏活着的和死去的忠实信徒。
④ 第三眼(the Third Eye)也称"内眼"(the Inner Eye),是东、西方某些特定的精神传统中一种神秘主义的秘传观念,认为这只眼睛跟人的"精神中心"息息相关,是人认识内心世界、获知更高级感知的门径。
⑤ 第七封印(the Seventh Seal)原典出《圣经》:"羔羊揭开第七印的时候,天上寂静约有二刻。"(《启示录》8:1)1957年瑞典电影大师伯格曼拍摄有著名同名影片,影片表现一位中世纪的骑士穿越一片被瘟疫毁灭的土地,同时进行中的还有他跟前来索命的死神之间下的一场生死攸关的棋局。《启示录》中的这段经文在影片开头和结尾处郑重地出现过两次,经文中的"寂静"指的是"上帝的沉默",这也正是这部影片的主题。

为了使报纸的发行量不再下滑,其办法就是让发行量升上去。不过,弗农一直都不动声色,因为他知道乔治拐弯抹角总归会绕到他说的照片上去。

弗农想促他快点言归正传,"我们星期五已经弄到了一个好故事:一对连体双胞胎在地方政府供职……"

"呸!"

果然事半功倍,乔治突然站了起来。

"那不是个故事,弗农,那是八卦胡扯!我来给你看个故事,我要让你看个清楚明白,朱利安·加莫尼为什么把大拇指压在屁股上绕着律师学院①跑来跑去!跟我来。"

两人又回到门厅,穿过厨房,沿着一条狭窄的走廊走到底,尽头是一扇门,乔治取出钥匙打开门上的耶尔锁②。他的婚姻生活的安排相当复杂,部分表现在莫莉把她自己、她的客人以及她的东西单独隔离在这幢大宅的一个侧翼里。这样一来,她就免得看到她的老朋友对乔治的炫耀浮夸强自压下去的取笑,而他也可以幸免莫莉那潮水般的无秩序渐次

---

① 律师学院(Inns of Court),亦译"律师协会",指伦敦林肯、格雷、内殿和中殿四个律师学院,是伦敦一组相当古老的机构,历史上一直负责法律教育。它们各自的主管机构拥有正式批准律师开业的专属权利。
② 耶尔锁是一种坚实的圆柱形销栓锁的商标名。

吞没那些用于招待客人的房间。弗农拜访莫莉的套间已经有很多次,不过他总是从外面的入口进出的。眼下,当乔治把门推开的时候,弗农一下子紧张起来,他觉得他还没有做好准备,他宁肯在属于乔治的房间里看那些照片。

在半明半暗间,在乔治摸索电灯开关的那几秒钟内,弗农第一次体会到了莫莉的死给他带来的名副其实的影响——那就是她已经不在了的简单事实。是那些他已然开始遗忘的熟悉的味道使他认识到了这一点——她的香水,她的香烟,她养在卧室里如今已经干枯的鲜花,咖啡豆,以及洗熨过的衣服发出的烘烤面包一般的暖气。他曾经事无巨细地谈论过她,他也曾念起过她,可那只不过是在他繁忙工作的间隙,或者即将蒙眬入睡的时刻,直到现在,他还从未真正从内心深处想念她,也从未感受到他因再也看不到她的容颜、听不到她的话语而带来的伤痛。她曾是他的朋友,也许是他曾经有过的最亲密的知己,而现在她已经不在了。他意识到以他现在的心情他很容易在乔治面前出乖露丑,即便是现在,他眼睛望去的乔治的轮廓已然开始模糊了。那种特别的孤凄感伤,凝聚成为脸皮下面、口腔顶上的一种痛苦的收缩压迫感,自从童年,从上私立小学以来他这还是头一次体会到。是宛如乡愁般对莫莉的思念。他将一声自怜自伤的感叹隐藏在深思熟虑的高声咳嗽当中。

这个地方跟她离开时一模一样,那天她终于同意搬到主楼的一间卧室,接受乔治的囚禁和看护。他们俩经过浴室时,弗农瞥见他还记得的她的一条裙子,从毛巾架上挂下来,还有一条毛巾和一件文胸躺在地板上。四分之一个世纪以前,她跟弗农曾同居过将近一年时间,在塞纳街上一个小小的楼顶单元里。那时候,地板上总有湿漉漉的毛巾,她的内衣也总是从向来不关的抽斗里如瀑布般挂下来,一个巨大的熨衣板从来也不收起来,在一个塞得过满的衣橱里,她的衣裙就如地铁里通勤的旅客,摩肩接踵、拥挤不堪。杂志、化妆品、银行结单、珠子项链、鲜花、短裤、烟灰缸、请柬、卫生棉、密纹唱片、机票、高跟鞋——莫莉的东西覆盖了一切表面,没有一处可以幸免,所以在弗农打算在家工作的时候,他干脆到沿街的一个咖啡馆里写作。然而每天早上她都从这个邋遢姑娘的壳子里新鲜出炉,就像波提切利画中的维纳斯,当然并非裸体,而是打扮得光彩照人,出现在《时尚》杂志的巴黎办公室里。

"在这儿。"乔治道,引他走进起居室。

一把椅子上放了个巨大的棕色信封,乔治伸手去拿时,弗农还来得及四下打量一番。感觉上就像她随时都会走进来。有一本讲意大利园林的书,封面朝下扔在地板上,一张矮桌上有三只红酒杯,每只酒杯里面都生出了灰绿色的霉菌,没准儿他本人就从其中一只杯子里喝过酒。他竭力回想他最后一次来访时的情形,可是当时的情形已经模糊不清了。他们曾有过长时间的交谈,谈的是她害怕、她抗拒搬到主楼的卧室,因为她知道她这一去就再也别想回头了,还有一个选择是去私人疗养院。弗农和她所有的朋友都劝她还是留在荷兰公园,相信熟悉的生活环境会对她更有好处。他们真是大错而特错了——哪怕是在最严格的医疗机构的管理下,她也能比在乔治的看护下拥有更多的自由。

他示意弗农在一把椅子上坐下,尽情品味着将照片从信封里取出来的那一刻。弗农仍旧在想莫莉。在她神志不清以后是否还有过几次清醒的时刻?她会觉得朋友们都抛弃了她,因为谁都不来看她,殊不知却都是被乔治挡了驾。如果他曾诅咒过她的朋友们,那她肯定诅咒过弗农。

乔治已经将照片——三张十乘八英寸的照片倒扣在了自己膝上。他在享受弗农的沉默,因为他把它当做无言的迫不及待了。他故意慢条斯理地一个字一个字往外迸,借以增加他想象中弗农急躁难忍的苦痛。

"我得首先声明一件事。我对她为什么要拍摄这几张照片一无所知,不过有一件事是肯定的——这只有在征得加莫尼同意的前提下才能拍得出来,他是直视着镜头的。版权归她所有,而作为她财产的唯一受托人,我事实上拥有了其版权。不消说,我希望《大法官报》能保护消息的来源。"

他拿起一张,递给弗农。乍一看,照片上除了有光泽的黑白色块以外,看不出什么东西来,然后就转变成为中等距离的特写。简直令人难以置信!弗农伸出手来要另一张,那是张从头到脚的裁切照片,顶得满满的;然后是第三张,是脸部的四分之三侧面像。他回过头去再看第一张,所有其他的念头全部都一扫而光了。然后他又研究了一遍第二和第三张,现在是完整而又充分地细看,感觉到截然不同的直觉反应的浪潮一波波涌来:先是吃惊非小,紧接着的就是发自内心的狂喜。压抑这种狂喜的结果让他感觉简直要从椅子上飘起来。接着,他体会到的是一种沉重的责任感——或者这就是权力?一个人的生活,或者至少是他的事业，就握在他的手心里了。而且谁又说得准呢，也许弗农现在就能改变国家的未来，使之变得更加美好。还有他的报纸的发行量。

"乔治，"他最后说道，"我需要非常慎重地考虑考虑。"

五

半小时以后,弗农手里拿着那个信封离开了乔治的家。他拦住一辆出租,让司机打开计程器,可是原地不动,先在路边停着。他在后座上坐了有几分钟,引擎的悸动使他平静了下来,他按摩着右侧的脑袋,考虑下面该怎么办。最后,他让司机开到南肯辛顿。

工作室里还亮着灯,不过弗农并没有按门铃。在台阶顶上,他草草写了个字条,他想到最先看到这张字条的有可能是女管家,于是把意思表达得很含糊。他把字条折了两折,从门缝塞进大门,然后匆忙回到候着的出租车上。

> 好的,只有一个条件:你也得为我做同样的事。弗。

第三部

一

　　不出克利夫所料，只要他还待在伦敦，待在他的工作室里，他要的旋律就怎么都捕捉不到。每天他都努力创作，写几个音乐小品，进行大胆的尝试，可是除了对他自己作品或明目张胆或巧妙隐藏的模仿之外，他什么都写不出来。没有一个音符是以其特有的风格自由迸发出来的，带着其特有的舍我其谁的权威，带来那种令人瞠目结舌的特质，那才是原创性得以保障的表现。每天，在放弃了努力之后，他都投身一些简单、单调的工作任务，像是充实管弦乐编曲、重写草稿中乱糟糟的部分，精心构思标志着慢乐章开始的小调和弦的滑动解决。他有三个约会均匀地分散在八天之内，使他未能及早抽身前往湖区：数月前他就答应要参加一个筹款晚宴；出于帮一个在电台工作的侄子的忙，他已经同意讲个五分钟的话；他还自愿接受了劝说，同意为当地一个学校的作曲奖项担任评审。最后，他还被迫又耽搁了一天,就因为弗农要求跟他见面。

在这段时间,克利夫不工作的时候就研究地图,往徒步旅行靴上涂液体蜡,检查他的工具——在冬季计划一次山间徒步旅行时这些都至关重要。他若是真想借用自由的艺术精神这一执照干脆爽约也不是不可以,不过他厌恶这样的傲慢举止。他有那么几位朋友,很会在适当的时机打打天才牌,拒不在这个或是那个场合露面,他们是相信不论这在局部会引起多大的不满,都只会增加人们对他们所从事的高贵事业那令人肃然起敬的性质的尊崇。这些类型的人——小说家显然是其中最糟糕的一类——总能使他们的朋友和家人相信,非但是他们的工作时间,就连他们打盹儿闲逛,每次沉默不语,每次沮丧或醉酒都是出于崇高的意图而不得不为之,大家都得小心担待才是。而在克利夫看来,这不过都是庸才的遮羞布。他毫不怀疑他所从事的职业高人一等,可是恶劣的行径却并非其高人一等的一部分。也许每个世纪里都会生出那么一两个例外:贝多芬,确属例外;可迪兰·托马斯①,绝对不是。

---

① 迪兰·托马斯(Dylan Thomas,1914—1953),英国诗人暨散文作家,作品以滑稽式的堆砌、狂想曲般的情调和哀愁著称。其好酒贪杯的种种行径(托马斯因酒精中毒身亡)尤为人所乐道。

他的工作陷入僵局的事儿他谁都没告诉。相反,他说他要外出徒步旅行个几天。事实上,他也压根儿就不认为自己当真卡了壳。有时候工作确实难做,那你就得根据经验去做不论什么最有效率的事儿。所以他就暂留伦敦,赴了宴,讲了话,评了奖,而且有生以来头一次跟弗农闹出了重大分歧。一直拖到三月份的第一天,他才抵达尤斯顿火车站,在一列开往彭里斯的火车上找到了一个空着的头等包间。

他很享受长途火车旅行给思考带来的抚慰性的节奏——这正是他跟弗农发生冲突之后所需要的。但在包间里安顿下来却并不像通常那么容易。走过站台的时候,他心情抑郁,已经觉得步幅有些不对称,就仿佛一条腿比另一条长出了一块。他一找到座位就脱下鞋来查看,结果发现有一团乌黑的口香糖已经被踩平了,深深嵌入他鞋底上那些锯齿形的纹路当中。他厌恶地噘起了上唇,直到列车都缓缓启动了,他仍旧在用小刀奋力地挑着、割着、刮着。在那层污秽的铜绿色底下,口香糖仍略呈粉色,就像肉一样,而且薄荷的味道虽微弱却非常分明。多恐怖啊,竟然跟某个陌生人嘴巴里嚼过的东西有如此切近的接触。那些家伙竟然站在当地,这么嚼着嚼着就任由这玩意儿从他们的嘴巴里面掉出来,真乃粗鄙之极！他洗净手回到包间以后，颇花了几分钟时间绝望地找他阅读戴的眼镜，后来才发现就放在他身旁的座位上，然后他又意识到他忘了带支笔了。当他终于把他的注意力引导到窗外的景色之后，一种熟悉的厌世感已经占据了他的身心，他在车窗外晃过去的那些人造景观中所看到的，无一不是丑陋不堪而且毫无意义的人类行为。

在他那个伦敦西区①的角落里，身处于以自我为中心的日常事务当中，克利夫很自然地会认为，所谓人类文明就是所有人文艺术的总合，再佐以设计、美食、佳酿等等不一而足。可是现在看来，人类文明实际上却是这副模样——方圆数英里范围内粗劣的现代住宅，其主要的目的仿佛不过是为了支撑屋顶上的电视天线和碟形卫星天线；各家工厂生产出毫无价值的垃圾，然后在电视上大做广告，再用那些数之不尽、阴森凄凉的大卡车排成长队运送出去；至于其他的地方，也无非到处是公路以及往来车流的暴政。看起来活像是闹哄哄晚宴之后的宿醉。谁也不会希望文明就是这副德性，可也没征求过任何人的意见。没人故意将它设计成这样，也没

---

① 伦敦西区为富人区。

人希望它成为这样,可是大多数人却又不得不生活在其中。眼看着它就这么一英里一英里地延伸下去,又有谁能猜想到世间竟然还存在过善行和想象,存在过普赛尔①和布里顿②,存在过莎士比亚和弥尔顿呢?等列车加速行驶,他们摇晃着离伦敦越来越远以后,偶尔,乡村景色也会出现,随之也就开始出现了美,或者说对美的回忆,可是不过几秒钟以后,它又消失在一条经人工取直后已变成水泥水渠的河流当中,要么就是突然出现的一片开垦后又抛荒了的荒地,周遭既没有树篱又没有树木;还有就是公路,新修的无数条公路毫无羞耻、无穷无尽地四处延伸、探索着,就仿佛人类关心的就唯有抵达另外一个地方。跟地球上其他任何一种生物的福祉观念相比,人类的计划非但是个彻底的失败,而且它从一开始就已经大错特错了。

如果要归咎于某个人的话,那就是弗农。克利夫过去也经常在这条铁路线上旅行,却从没觉得沿途的风景如此荒凉

---

① 普赛尔(H. Purcell,1659—1695),英国著名作曲家,作品有歌剧《狄朵与埃涅阿斯》、《仙后》、《亚瑟王》和奏鸣曲、世俗歌曲及宗教作品《赞美颂与欢乐颂》等。
② 布里顿(B. Britten,1913—1976),英国著名作曲家、指挥家,常采用现代派手法创作,作品以歌剧和声乐曲为主,代表作为歌剧《彼得·格里姆斯》。

不堪。他不能把账算在一块口香糖或是一支错放了地方的钢笔头上。他们头一天晚上的争执仍旧回想在耳边,而且他还担心这场争执的回响会一直追随他进入群山,彻底毁了他的宁静。挥之不去的还不仅仅是刺耳的争吵,他对他这位朋友的所作所为也越来越感到沮丧,而且他越来越意识到他从来就没有真正了解过弗农的为人。他从车窗边转过身来。你就想想吧,不过一个星期前他还向他这位朋友提出了一个最不寻常、最为推心置腹的要求。真是大错而特错,尤其是他左手上的那种感觉已经烟消云散了。那不过是由莫莉的葬礼带来的一种愚蠢的焦虑感。是那种偶尔会突然间生出的对死亡的恐惧。可是那天夜里,他竟然将自己纵容到如此脆弱的地步。就算是弗农也向他提出同样的请求,也没有让他感觉有丝毫的自我安慰;弗农为此付出的不过是草草写就的一张通过门缝塞进来的纸条。也许这就是在他们之间的友谊当中存在的……某种典型的不平衡,其实这种不平衡一直都在,克利夫在内心深处也早就有所察觉,只不过总是把它推到一边不肯正视而已,他不喜欢自己产生这类卑鄙的想法,直到现在。没错,如果他肯于正视的话,正是因为他们的友谊当中本来就存在着某种不平衡,昨晚的冲突也就不那么让他倍感意外了。

比如说,多年以前弗农曾经在他那儿住了一年,可连提都没提要付他房租。而且,总体来说,不管就任何意义而言,这些年来提供背景音乐的不正是他克利夫,而非弗农吗?红酒、美食、大宅、音乐家以及其他有趣的伙伴全都由他供给,又是他起意将弗农带到苏格兰、希腊北部的群山和长岛的海岸,跟他一起在租屋里跟活泼可爱的朋友相伴作乐。弗农何曾主动提议、安排过任何富有魅力的娱乐?他克利夫最近一次在弗农家做客又是什么时候的事儿了?也许是三四年前了。他曾在弗农最困难的时候主动借给他一大笔钱,可弗农又何曾真正表示过对他这个朋友拔刀相助的适度感激之情?弗农得了脊椎炎的时候,克利夫几乎每天都亲去探望。可他克利夫在自家门外的人行道上不慎滑倒伤了脚踝的时候,弗农又表现如何呢?他不过派了个秘书过来,带来的慰问品竟然是一包《大法官报》书评版积下来的垃圾图书。

说得难听点,他克利夫真正从这种友谊中得到了什么?他付出很多,可他何曾得到过什么?到底是什么将他们绑在一起的?他们都曾拥有过莫莉,他们有慢慢累积起来的漫长岁月以及已经习惯成自然了的友谊观念,可事实上在其中心却真的是一无所有,对克利夫来说确实一无所有。对这种不平衡状态大度一点的解释,也许可以说弗农是天性被动、太自我中心。而现在,在经过了昨晚那一出以后,克利夫却倾向于将弗农的这些表现视作不过是一个更大的事实的具体表现——弗农这人根本就没有原则。

车窗外面,克利夫未及看到有一片落叶林一闪而过,光秃秃的冬季形貌之上染上了一层没有融化的银霜。更远处,一条小河从棕色的莎草叶缘边缓缓流过,在洪泛区的平原那边,冰封的牧场当中点缀着干砌的石墙。在一个灰头土脸的小镇周边,一大片工业荒地正在还林;包裹了一层塑料管的树苗一直伸展开去,几乎到达了推土机正在推平表层土的那条地平线。克利夫却只是一味地紧盯着对面的空座位,迷失在激烈无比、自我惩罚式的对他的社交关系进行清算的纠葛当中,透过他烦恼的内心棱镜,在不知不觉间将过去扭曲了形状、改变了颜色。偶尔也有别的想法暂时转移了他的注意力,有时他也读读书,不过他此次北方之旅的主题却是长久地、慎重地重新为友谊进行定义。

几小时后抵达彭里斯,克利夫如释重负地从他这番苦思冥想中解脱出来,拿着他的行李沿站台向前走,找寻出租车。

到斯托尼斯韦特①还有二十多英里的路程,他很高兴能和司机扯些闲天。时值一周的中间,兼以又是旅游淡季,克利夫是整个酒店唯一的住客。他要了以前已经住过三四次的房间,那也是唯一有工作台的房间。尽管天气寒冷,他还是把窗户大开,这样他在开包归置的时候就能呼吸到湖区与众不同的冬季空气——富含泥炭的水质,潮湿的岩石,遍布苔藓的土地。在一只狐狸标本的注视下,他在酒吧间独自用了餐,那只狐狸摆在一个玻璃匣子顶上,凝固在一种准备猎食的蹲伏状态中。他在漆黑的夜里绕着酒店的停车场边缘稍微散了会儿步,然后回到室内,对女服务员道了晚安,走进他那个很小的房间。看了一小时的书后,他躺在黑暗中,听着小溪涨水的哗哗声,他知道那个让他烦恼不已的主题注定是要卷土重来的,与其在第二天的登山远足中背着这个重负,还不如现在就想它个明白。现在强加在他身上的已经不是单纯的幻灭了。他记起了他们之间的谈话,还有超出于谈话的一些问题;他具体都说了些什么,然后就是在经过了几个小时的反思之后如果搁在现在他又会怎么说。他是在回忆,

---

① 湖区的一个小村庄。

同时也是在幻想：他想象了一出戏,他把所有最好的台词都留给了自己,带有悲伤意味、合情合理的洪亮台词,如此浓缩、在情感上又是如此的克制,相形之下其蕴含的控诉也就更其严厉而又无可辩驳了。

二

事情其实是这个样子的：弗农在将近中午的时候打电话过来，使用的字眼跟克利夫一周前打电话给他时几乎如出一辙，简直就像是在故意引用他的措辞，是个开开玩笑的讨债电话。弗农必须得跟他谈谈，事情非常紧急，电话上不方便谈，他必须得见他一面，而且必须得是今天。

克利夫犹豫了一下，他本打算搭乘下午的火车前往彭里斯的，不过他还是说："那好吧，过来吧，我来准备晚饭。"

他重新安排了自己的出行计划，从酒窖里取出两瓶上好的勃艮第葡萄酒，然后亲自下厨。弗农晚到了一个小时，克利夫的第一印象就是他这位朋友一下子掉了很多肉。他的脸又长又瘦，胡子都没刮，他的外套看着像是大了好几码，等他放下公文包接过一杯红酒的时候，他的手在打颤。

他一口将那杯香柏坛-贝日园①饮下,就像是猛灌窖藏啤酒,"这一周是过得呀,真太可怕啦。"

他递上杯子要求加满,克利夫庆幸没有一上来就给他喝里奇堡②,就给他又倒了一杯。

"我们今天上午足足在法庭上待了三个钟头,我们胜诉啦。你会认为事情到这儿就完了,可是所有的员工都反对我,几乎是所有的员工。整幢办公楼都闹翻了天,今晚我们还能把报纸出出来可真是个奇迹。印刷工会正在开会,他们肯定会通过一项不信任我的提案。好在管理层和董事会立场坚定,算我走运。这是场你死我活的斗争。"

克利夫朝一把椅子示意,弗农一屁股坐进去,胳膊肘抵在餐桌上,双手捂住脸嚎啕大哭,"这些畏首畏尾的王八蛋。我这么做无非是想拯救他们那份只配擦屁股的报纸,他们那份尿壶一样臭烘烘的工作。他们宁肯失去一切,也不肯放过一个该死的修饰语。他们根本就不是生活在真实的世界里,他们活该活活饿死!"克利夫一点都不知道弗农说的是什么,

---

① 香柏坛-贝日园(Chambertin Clos de Bèze)是一种高档勃艮第葡萄酒,原是法国勃艮第葡萄酒产区一著名产地名。
② 里奇堡(Richebourg)更是一种顶级勃艮第葡萄酒,同样也是产地名。

不过他什么话都没说。弗农的杯子又空了,克利夫再次给他倒上酒,转身到烤箱里把两只童子鸡取出来。弗农把他的公文包放到膝上,打开之前他深吸了一口气让自己放松下来,又喝了一大口香柏坛。他啪一下打开锁扣,犹豫了一下,低声道:

"瞧,我是想讨教一下你对这事儿的看法,不光是因为这事儿跟你也有切身的联系,而且对此你也略知一二。主要的倒是你完全置身事外,我需要一个局外人对这件事的看法。我觉得我都快疯了……"

这最后一句是他的喃喃自语,一边嘟囔一边在公文包里摸索,取出一个衬了卡纸的大信封,然后从信封里抽出三张黑白照片。克利夫把炖锅底下的火关掉,坐了下来。弗农交到他手上的第一张照片,拍的是朱利安·加莫尼穿了条平纹布的过膝裙子,摆出走猫步的姿态,两只胳膊略微朝外撑着,一只脚放在另一只脚前面,双膝有点打弯。裙子底下的两个假乳房小小的,有条文胸的带子边缘还露在外面。脸上化了妆,不过妆容并不太浓,也是因为他天生的苍白脸色,省却了不少脂粉,而且唇膏给他那两片刻薄外加削薄的嘴唇增添了一抹性感的弓形。头发肯定是他加莫尼本人的,短、鬈而且侧分,由此一来,他的形象给人的感觉既经过了精心打理又恣意放荡,还略带些呆头呆脑。这个样子可是没法冒称是化装舞会的装扮或者在镜头前的嬉闹玩笑。那种紧绷的、自我陶醉的表情是只有一个正处于性行为中间的男人才会表现出来的。盯进镜头里面的那种坚定的目光是有意识地带有挑逗性的。光线很柔和,而且处理得也非常巧妙。

"莫莉。"克利夫道,更多的是喃喃自语。

"你倒是一语中的。"弗农道。他如饥似渴地看着克利夫,等着看他有什么反应,而克利夫则继续盯着照片,部分也是为了掩饰内心的想法。他的第一感觉只是松了口气,为莫莉松了口气。他心中一直存在的一个困扰迎刃而解。原来就是这个将她吸引到加莫尼身边的:这种秘密生活,他的这个软肋。相互间的信任必定将他们紧紧地捆在一起。善良的老莫莉。她一直都是那么富有想象力而且那么有兴致,她肯定一直鼓励他更大胆些,将他更深地带入他的那些绮思梦想中,而这些梦想是下院无论如何没办法满足他的。他也一定知道他是可以依赖莫莉的。如果她的病势来得不是这么突然,她是会负起责任将这些照片毁掉的。这种绮思梦想是否曾在卧室以外的地方搬演过呢?比如说搬演到了某些外国城市的餐馆里？两个姑娘跑到城里来玩？莫莉是知道怎么才能玩得尽兴的。她懂得华服和有趣的去处，她也肯定爱死了这其中蕴含的傻气和性感，会充分享受这种共谋感和其中的乐趣。克利夫再次想到他是如何地爱她。

"怎么说？"弗农道。

为了先发制人，克利夫伸手去拿第二张。这是张肩部以上的照片，加莫尼的裙子更加女性化，像是丝质的。高高的袖口和领口上镶了条简单的蕾丝边，他穿的或许是件女式睡衣。其效果却不如前一张那么成功，完全暴露出他潜伏的男性特征，而且揭示出一种悲怆——他那混淆不清的身份认同无以实现的悲怆。莫莉艺术性的用光也无法掩饰那个巨大头颅的下颌骨，还有那膨胀的喉结。他实际的模样跟他自我感觉的模样或许存在着天壤之别。论理，这些照片应该是荒谬可笑的，事实上也的确荒谬可笑，可克利夫竟然生出些许敬畏之情。我们相互之间的了解竟然如此之少。我们的大部分就像是冰川一样淹没无痕，凸显出来的只是那冰冷而又苍白的社会意义上的自我。眼前的照片就是对那浪涛之下的一瞥，它是如此的罕见，你瞥见的是一个男人的隐私和内心的骚乱，他的尊严被那压倒一切的纯粹的幻想、纯粹的思想的必然性给颠覆了,被那无法化约的人性要素——精神给彻底颠覆了。

有生以来第一次,克利夫想到如果对加莫尼心怀善意会是什么情形。是莫莉使这种想法成为可能的。在第三张照片上他穿的是一件宽松直统的香奈儿夹克,他的目光朝下凝望;在他自我的某块精神屏幕上他应该是位端庄、成熟的女性,可是在外人看来那纯属是种逃避。面对现实吧,你是个大男人。在他直面相机,以他的伪装面对我们的时候,他确实要好多了。

"到底怎么说?"弗农变得不耐烦了。

"非同凡响。"

克利夫把照片递还弗农,眼中还有那些形象的时候,他实在没法清楚地思考。他说:"这么说你是在为阻止将它们见报而战斗喽?"

这话半是戏言,半是取笑,同时也是希望能暂缓明确表态。

弗农瞪着他,惊呆了,"你疯了吗?这是咱们的敌人!我刚告诉过你,我们已经设法将禁令解除了。"

"这是自然。抱歉,我倒忘了。"

"我的意思是下周就把它们给登出来。你觉得如何?"

克利夫仰靠在椅背上,两手抱在脑后。"我想,"他很谨慎地说,"我想你的员工是对的,这个主意确实可怕。"

"什么意思?"

"这会毁了他。"

"绝对的呀。"

"我是说你会毁了他这个人。"

"没错。"

沉默的时间有点长了。有那么多的反对意见拥挤在克利夫的脑袋里打架,结果只能相互抵消。

弗农把空酒杯推到桌子对面,在克利夫给他斟酒的时候说:"我这就不明白了,他纯粹就是毒药,你自己就这么说过他很多次。"

"他是个恶人。"克利夫同意道。

"有消息称他将在十一月份向领导人职位发起挑战。他要是当上首相的话,这个国家可就惨了。"

"我也这么想。"克利夫道。

弗农摊开双手,"所以呢?"

又是一阵沉默,克利夫抬眼望着天花板上的裂缝,斟酌着自己的想法。最后,他说:"跟我说说,你认为在原则上一个男人穿上女人的衣服是错的吗?"

弗农呻吟一声。他的举止开始像个醉汉了,他在来之前肯定已经喝了几杯了。

"噢,克利夫!"

克利夫则继续说下去:"你可曾经是性革命的辩护士呀,你还曾经站起来为同性恋争取权利呢。"

"真不敢相信你竟会这么说。"

"你曾经站起来为大家想要取缔的那些戏剧和电影辩护。就是在去年,你还为那些因为把钉子敲进自己睾丸里而被告上法庭的克汀病人①仗义执言。"

弗农脸上的肌肉抽搐了一下,"实际上是阴茎。"

"这不正是你如此热心捍卫的那种性的表达权吗?你要加以揭露的又是加莫尼犯下的何种罪行呢?"

"是他的伪善,克利夫。这是个绞刑吏和鞭刑官,是个固守家庭价值的家伙,是移民、政治避难者、旅游者和边缘人群的灾星。"

---

① 克汀病人(cretin)即呆小症或称愚侏病患者。

"离题千里。"克利夫道。

"绝对切中肯綮。别胡说八道了。"

"如果说易装癖是没有问题的,那么一个种族主义者也可以是个易装癖。有问题的是种族主义者。"

弗农假作同情地叹了口气,"你听我说……"

不过,克利夫已经找到了自己需要的譬喻,"如果说易装癖是没有问题的,那么一个有家有口的男人也有权是个易装癖,当然只是在私底下。如果说——"

"克利夫,听我说!你整天都待在你的工作室里梦想着你的交响乐,你根本就不知道眼下正危如累卵的是什么。如果现在还不能阻止加莫尼,如果他在十一月当真登上了首相的宝座,他们就会有极大的机会赢得明年的大选。又是一个五年啊!到时候就会有更多的人生活在贫困线下,更多的人被关进监狱,更多的人无家可归,就会有更多的犯罪,更多的骚乱,就跟去年一样。他一直都公开赞成普遍兵役制。我们生存的环境也会恶化,因为他宁可取悦于他的那些企业界的朋友,也不会在防止全球变暖的协议上签字。他想使我们脱离欧洲。经济大灾难啊!所有这些对你来说当然都无所谓——"说到这里,弗农冲着巨大的厨房比划了一圈——"可是对大多数人来说……"

"讲话当心,"克利夫吼道,"别忘了你正在喝我的红酒呢。"

他伸手拿起那瓶里奇堡,给弗农的酒杯满上,"一百零五镑一瓶呢。"

弗农一口灌下大半杯,"这就是我的观点。你不会人到中年就变得贪图享受,成了个右翼分子了吧?"

克利夫反唇相讥,"你知道这实际上是怎么回事吗?你是在替乔治做事。是他在鼓动你。你被人利用啦,弗农!我奇怪的是,你竟然没看透这一层。他因为加莫尼跟莫莉的私情恨死了他。要是你我有什么把柄落在他手里,他也会加以利用的。"

然后,克利夫又补充道:"也许已经落在他手里了。她有没有给你拍过照片?你穿了身蛙人的潜水服?要么是套了条芭蕾舞短裙?这都是必须要公之于众的。"

弗农站起身来,将那个大信封放回公文包,"我来这儿是希望能得到你的支持的,或者起码是表示同情的倾听。没料到,你他妈的竟然大放厥词!"

他出门走进门厅。克利夫跟在他后头,可并没觉得有什么歉意。

弗农打开大门,转过身来。他看起来蓬头垢面、憔悴不堪。

"我不明白,"他轻声道,"我觉得你根本没有对我坦诚相待,你反对此事的真正原因到底是什么?"

这个问题或许不过是巧言强辩。克利夫却朝他的朋友跨前一两步,回答了这个问题,"是因为莫莉。我们不喜欢加莫尼,可莫莉喜欢。他信任莫莉,而莫莉也尊重他的这种信任。这是他们俩之间的一件私事,那是莫莉的照片,跟你、我,还有你的读者都没有任何关系。她泉下有知会痛恨你的所作所为的。坦白地说,你是在背叛她。"

然后,克利夫并没有让弗农享受摔门而去的快感,而是率先转身离去,走向他的厨房,独自去吃他的晚餐。

三

　　酒店外头,靠着粗糙的一道石墙,有一条木制长凳。一大早吃过早饭后,克利夫就坐在这儿系紧登山靴的鞋带。虽说他还没能找到他终曲的关键要素,不过在他的探寻当中他已经占有了两项重要的优势。第一是总体概念上的:他感觉很乐观。他已经在工作室里把该做的背景工作都做好了,而且虽然睡得并不好,他仍旧很高兴重新置身于他喜爱的风景当中。其二才是特殊意义上的:他明确地知道他想要的是什么。他其实是在将他的工作往回追溯,他觉得那个主题就以片断和暗示的方式隐藏在他已经写出的部分当中。只要那个正确的东西一现身,他就能立刻辨认出来。他的作品大功告成之后,在天真的耳朵听来,主旋律就像是已经在总谱的其他地方预感到了或者展开过了。而找到这几个音符将是灵感附体、浑然天成的一个过程。感觉上就好像他明明知道应该是哪几个音符,可就是听不见似的。他知道它们具有迷人的甜蜜和忧郁,他知道它们的简单和纯朴,而且知道它们的范例——当然是,就是贝多芬的《欢乐颂》。就说那第一行乐谱吧——几个音符向上,几个音符向下,甚至可以说是首儿歌的曲调。没有一丝一毫的矫饰,却又负载着重若千钧的精神力量。克利夫站起来,接过女服务员为他打好包送出来的午餐。这就是他崇高的使命,他一飞冲天的雄心。贝多芬。他跪在停车场的砾石地面上,把那几个碎奶酪三明治装进他的登山背包里。

他把背包背到肩上,沿登山人踩出来的小径朝山谷进发。前夜,一股温暖气流的前锋已然扫过湖区,林木和溪边草地上的白霜已经被消融干净。云盖很高,而且清一色灰扑扑的,光线清朗而又单薄,路径干燥。冬末时节,自然条件已经不可能更好了。他估计自己应该有八个钟头的白昼时间,不过他也知道,只要他能在黄昏时分离开荒野地带、返回山谷,他打着手电就能找到归途。这样算来,他就有时间攀上斯科费尔峰,不过他可以不必过早决定,等到了埃斯克豪斯[①]再作打算

---

① 埃斯克豪斯(Esk Hause)为英格兰湖区一著名的山间隘口,连通众多著名山景。

不迟。

　　头一个小时左右的时间里,等他已经朝南转入兰斯特拉斯①以后,尽管他出发时信心满满,户外野地里的那种令人不安的孤独感仍旧将他裹了个严实。他无助地被一个白日梦所裹挟,随波逐流。那是个漫长复杂的故事,主要的情节就是有个什么人躲在一块岩石后头,等着要杀死他。他时不时地扭头朝后张望。他对这种感觉非常熟悉,因为他经常独自一人登山远足,每次你总需要克服某种不情愿的心理障碍。从离你最近的人群面前躲开,远离庇护所,远离温暖和帮助,这可是一种需要意志力的行为,是跟人的本能反其道而行之。因为习惯了房间和街道的日常比例而形成的一种尺度感,突然要面对的却是一种绝大的空旷。从山谷中拔地而起的巨大岩石,成了一道凝固在石头中的长长的蹙眉。溪水的嘶叫和轰鸣一变而为威胁的叫嚣。他那畏缩的精神以及他所有最基本的意愿、本能都在告诉他,继续走下去是何其愚蠢和无谓,告诉他他正在铸成大错。

　　克利夫继续走下去,因为畏缩和忧惧正是他千方百计要

---

① 兰斯特拉斯(Langstrath)为英格兰湖区一山谷名。

在其中求得解脱的疾患——那就是他的病,也同时证明了他日常的埋头苦干——每天都要蜷伏在钢琴上头好几个小时——已经使他沦落到何等畏首畏尾的状态。他将再度强大起来,无所畏惧。这里根本没有什么威胁,有的只是自然力的麻木不仁。当然也存在危险,不过也就仅限于通常的几种,而且尽够温和的:摔倒受伤,迷失路径,天气的骤变,夜晚的降临。处理好这些事务将使他重新找回那种一切尽在掌握的感觉。很快那些岩石身上附着的人的因素就会自然褪去,自然风景将再度呈现出大美,使其深深地为其所吸引;群山那未可揣度的悠久岁月以及山间那遍布的美好的生物网络将提醒他,他也是这个秩序的一部分,微不足道,他也会因此而自由自在。

然而今天,这个颇为有益的过程花的时间却比平常要长。他都走了一个半小时了,却仍旧打量着前面的某些巨大岩石,琢磨着后面可能隐藏着什么;仍旧怀着模糊的恐惧注视着山谷尽头岩石和草木的阴沉表面;而且仍旧纠缠于他跟弗农谈话的只言片语,苦恼不堪。本来应该使他的顾虑和关切显得微不足道的开阔空间,正在使一切都变得渺小无益:他所有的努力也似乎变得毫无意义。交响乐尤其是如此:

那些虚弱不堪的巨响,那些浮夸的语汇,那注定要失败的企图建造一座声音的大山的努力。充满激情的奋斗。又是为了什么?金钱。荣誉。不朽。为了否认我们生下来纯属偶然,是为了抵挡对死亡的恐惧的一种方式。他停步把鞋带系紧。又走了一段后他把运动衫给脱了,从水瓶里大口喝着水,想把他早餐时很不明智吃下去的烟熏鲱鱼的余味给根除掉。然后他发现自己已经打起了哈欠,想念起了他小屋里的那张床。可他不可能这么快就累了,他已然费了这么大的劲儿来了这里,也不可能就这么折回去。

他来到一座横跨溪流的桥上,停步坐了下来。他必须得做个决定了。他可以穿过溪流,取道山谷的左侧快速地登上斯特克隘口①;或者,他可以继续坚持走到山谷的尽头,然后沿陡坡向上攀三百英尺左右到达舌头崖。他并不当真喜欢手足并用地往上爬,不过他也不喜欢这种屈服于软弱或者年龄的可能性。最后他决定沿着溪流前进——爬山所付出的努力有可能有助于将他从麻痹状态中惊醒。

一个小时后他到达了山谷的尽头,可面对着第一个陡峭

---

① 斯特克隘口(Stake Pass)为湖区一山间隘口名。

的山坡,他又后悔起自己的决定来。雨开始下得很大,他知道,不管他赶紧套上去的昂贵的防水外套宣称自己具有何等的功效,爬山的体力运动仍会让他觉得热不可耐。他避开下面湿滑的岩石,选了一条绿草覆盖的高坡下脚,果不其然,不出几分钟,汗水就和雨水一起往眼睛里灌了。让他心烦的是他的脉搏这么短时间就跳得这么快了,每隔三四分钟他都得停下来喘口气才行。按说像这样的上坡对他来说应该不在话下的。他从水瓶里喝了口水,继续拼力向前,好在他是孤独一人,每迈出艰难的一步他都任由自己大声地咕哝、呻吟。

要是有人做伴的话,他就会拿上了年纪活该倒霉的话开开玩笑了。可是这些日子里,他在英格兰可没有亲密的朋友可以分享他的强迫性冲动了。他认识的每一个人似乎都并不需要荒野就能过得开心惬意——一家乡村餐馆、春天的海德公园就是他们需要的所有开放空间了。当然,他们是不能声称自己活得多么充分的。又热,又湿,上气不接下气,他硬拖着沉重的身体爬上一处碧草青青的岩脊,躺下来,把脸贴到草皮上,但求瞬间的清凉。雨敲打着他的背,他咒骂着他那些朋友是何等迟钝无聊,何等地欠缺生活的趣味。他们都使他大为失望。没人知道他在哪儿,也没人有一丝一毫的关心。

他听着雨水噼里啪啦地拍打着他防水外套的布料,足足有五分钟,然后他站起身来继续往上爬。说起来了,难道湖区真的算得上荒野?它早已被徒步者侵蚀殆尽,哪怕最无足轻重的特征也都已经被贴上了标签,被沾沾自喜地展示出来。它其实真不过是一幢规模庞大的棕色健身房,这个斜坡也不过是一组长着草的肋木而已。这不过是一种训练,雨中训练。他一边朝着隘口攀爬,脑子里盘桓着的念头每况愈下,越来越打不起精神。但是,当他越爬越高,山路变得不那么陡峭,当雨停了,云层的一条长长的裂隙终于肯让一缕苍白的阳光洒下一丝安慰的时候,事情终于发生了——他开始觉得心情舒畅了。也许这也不过是肌肉运动所释放的内啡肽起的作用,或者不过是因为他已然找到了一种节奏而已。要么,这也可能是因为这在登山运动中正是个非常珍贵的时刻,这时登山者已经攀上了隘口并开始穿越分水岭,而新的山峰和山谷渐次展现在眼前,仿佛触手可及——**大终端山,埃斯科峰,鲍丘**[①]。眼下的群山是如此的美丽。

[①] 大终端山(Great End),埃斯科峰(Esk Pike)和鲍丘(Bowfell)都是湖区著名的山脉和丘原。

已经来到几近平地的地方了,他大踏步穿过高高的草丛,朝通往朗戴尔谷的那条步行小径走去。夏日时节,这会是一条令人沮丧的繁忙线路,不过今天只有一位身穿蓝衣的徒步旅行者在穿越宽阔的丘原地带,急匆匆地直奔埃斯克豪斯而去,像是去赴约。等他靠近之后,他才发现那是个女人,她看上去是如此急切地要去赴约,不禁使克利夫以她情人的角色自居起来:在一个孤零零的山间小湖边等她,待她走上前来时呼唤她的名字,从背包里取出香槟和两支银笛,朝着她走去……克利夫从未有过一个喜欢远足的情人,甚至是妻子。苏茜·马塞兰一直都喜欢新鲜猎奇,有一次跟他去了趟卡茨基尔①,结果成了个手足无措的曼哈顿流犯,成天价好笑地抱怨山地的臭虫,脚上磨起的水疱还有打不到出租车。

等他到达那条小径的时候,那个女人距离他还有半英里的距离,开始离开小径朝右转,奔艾伦危崖而去。他停步让她先走,为的是可以一个人独自拥有那片巨大的山间高地。天空中的云隙开得更大了,在他身后,在罗斯维特丘原上,一簇阳光穿过欧洲蕨丛,以火红和金黄重新叠印成那著名的棕

---

① 卡茨基尔(Catskills)是美国纽约州境内一处山区胜地。

色。他把防水外套收起来,吃了个苹果,继续考虑他的路线。他现在可是想要攀登斯科费尔峰了,事实上他都急不可耐地想要出发了。最快的攀登路线是从埃斯克豪斯出发,不过现在既然已经松弛了下来,他就想不如继续朝西北而去,顺路去看看斯普林克林冰斗湖,再顺便去趟斯塔海德①,然后经由"走廊路线"②进行长距离的攀爬。如果他从大终端山下山,原路经由兰斯特拉斯山谷回家的话,他最迟黄昏时分就能回到酒店。

于是他迈开轻松的步伐,朝埃斯克豪斯那宽阔而又迷人的峰顶进发,感觉到在体力上跟三十岁也没多大实质性的不同,拖了他后腿的并非是体力,而是精神。看,他的情绪高涨之后,两条腿感觉多么地强壮有力!

他避开远足者踩踏出来的宽宽的伤疤似的痕迹,取了个迂回的路线朝前面的山脊走去。照他经常性的做法,他边走边以新的方式回顾着自己的生活,回想最近那些小小的成功,使自己高兴起来:早期的一部管弦乐作品重新灌录发

---

① 斯塔海德(Sty Head)是英格兰湖区一著名隘口名,在其峰顶附近还有个小型的冰斗湖。
② 所谓的"走廊路线"(Corridor Route)是攀爬斯科费尔峰的一条著名线路,沿途有不少景观,全长约七英里。

行，一家周日报纸以近乎虔敬的口吻提及他的作品，他给一个吓得发蒙的学童颁发作曲奖时发表的那番既聪明又幽默的演讲。克利夫将他的作品当做一个整体回想了一番，想到不论何时，只要他能抬起头来从长计议时，他的作品都显得何等形式多变而又丰富多彩，它们是如何以一种抽象的方式象征了他一生的整个历史。而且还有那么多东西要做。他满怀深情地想起他生活中认识的那些人。也许他对弗农太严厉了些——他不过是想拯救他的报纸，想使国家免受加莫尼的苛酷政策之害。今晚，他要给弗农打个电话。他们的友谊太重要了，怎能因为一次孤立的争执就给彻底断送呢。他们俩肯定能取得共识，求同存异，继续做朋友的。

他一路怀着这些善良的想法，终于来到了山脊，站在上头，通往斯塔海德的那条长长的下坡路尽收眼底，可是一见之下他却不禁恼怒地大叫一声。绵延超过了一英里长，洒满了荧光橙色、蓝色和绿色的亮点，显然是一大队徒步旅行者。他们都是学童，也许多达上百人，队列一直延伸到底下的冰斗湖。他至少得花一个多小时的时间才能把他们都甩到后头。顷刻间，眼前的景色为之而大变，变得平淡无奇，沦落为一个备受践踏的风景区。他甚至都没给自己时间去细想他的那些老主题——这种日辉牌荧光彩的滑雪衫是何等的白痴,简直就是视觉污染,或者人们为什么非得以如此庞大到野蛮程度的群体出行——他马上转向右边,朝艾伦危崖望去,那大队人马刚离开他的视线,他就立刻恢复了好心情。他不想再浪费气力去爬斯科费尔峰了,而是要悠闲地沿刚才的山脊返回,沿斯托尼斯韦特丘原进入山谷。

似乎不过在几分钟内,他就已经站在了峭壁的顶上,呼吸重新平稳下来,庆幸自己改变了计划。摆在他面前的,是温赖特在《南部丘原》①中描述为"意趣盎然"的一段行程;小径随着小小的冰斗湖起伏跌宕,穿越沼泽、岩层和岩石遍布的高原,一直到达格拉马拉峰巅。一个星期前,抚慰他沉入睡眠的就是这一期盼。

他在走了一刻钟之后,正要爬上一个尽头是块翘起的巨大杂色岩板的斜坡时,它终于发生了,跟他希望的一模一样:他愉快地品味着自己的孤独,他在自己的躯壳内怡然自得,

---

① 温赖特(Alfred Wainwright,1907—1991)是英国著名的徒步登山者、旅行指南作者和插画家,他七卷本的《湖区丘原图览》(*Pictorial Guide to the Lakeland Fells*)陆续出版于 1955 至 1966 年间,完全是他手写手稿和手绘插图的复制,为英国湖区总共 214 处山冈的标准指南。《南部丘原》是这七卷本系列图览的第四卷。

他的思绪则如他所愿地神游八方。这时,他终于听到了他一直都在苦苦寻觅的乐曲,至少他听到了乐曲形式的线索。

这真是天赐之福!一只巨大的灰鸟在他走近时,大声惊叫一声腾空飞起。大鸟飞高以后,在山谷上空盘旋远去时发出一声由三个音符构成的类似笛声的尖叫,他认为那正是他为短笛谱写的一行乐曲的转位①。多么优雅,又是多么简洁。回转一下顺序,就展开了一首朴素而又优美的歌曲的乐思,平时他几乎都能听得到。可是又不尽然。他脑海中出现一个意象:一组不断伸展的梯子,从一个阁楼的活板门或是一架轻型飞机的舱门不断滑行、降落下来。一个音符悬浮着,又暗示出下一个。他听到了,他得到了,然后它又消失不见了。残留的余像一闪而过,逗引着他,一个小小的悲伤曲调的召唤慢慢隐去。这种视听的联觉真是种折磨。这些音符完美地环环相扣,几乎未经打磨的各个接口将旋律抛过其完美的弧圈。他在登上那块突出的岩板顶上,停下来从口袋里取铅笔和记事本时,还几乎再次听到了它。也并非全然是

---

① 转位(inversion)是个音乐术语,指重新安排从上到下的音程、和弦、旋律或作品中一组对位线条中的各个因素的顺序。如对位声部中,高音和低音变调过程中音调的再排列,或者以相反方向动用单个旋律中的每个音程。

悲伤的。其中也有欢乐,一种排除万难的乐观的决心。勇气。

他开始把他听到的一鳞半爪匆匆记下来,希望能由此促成剩余部分的成形,这时他却意识到还有另一种声音,并非出自他的想象,也不是鸟鸣,而是一种喃喃的人声。他此刻专注已极,几乎抵御住了抬头张望的诱惑,不过他终究还是不能自已。那块厚厚的岩板突出的位置跟下面的距离足有三十英尺,他从岩板顶上朝下窥视,发现底下有个微型的冰斗湖,比一个大水坑也大不到哪儿去。冰斗湖远端的外缘是一片草地,草地上站着的就是那个行色匆匆、身着蓝衣的女人。跟她面对面,对她喃喃地低声说个不停的是个男人,看衣着显然不是个徒步旅行者。他的脸又长又瘦,就像某种口鼻突出的动物的脸。他穿一件旧粗花呢夹克和一条灰色的法兰绒裤子,戴一顶平顶布帽,脖子上还围着一块脏兮兮的白布。也许是个山地农民,或者是位瞧不上远足和所有那些远足行头的朋友,到这儿来跟她相会。正是克利夫所想象的那种幽会。

这一十足的意外,岩石间这两个生动的人物,简直就像是专为了他才存在的。就仿佛他们是两个演员,特意演出一个戏剧性场面,要他来猜测其间的含义似的,就仿佛他们不是认真严肃地在约会,只是假装不知道他在观看似的。不管他们的目的究竟是为何,克利夫的第一个念头都像是霓虹灯招牌一样清楚:我不在这儿。

他急忙蹲下来,继续记他的音符。如果他能够把已知的这些成分落实到纸面上,他就能悄悄地沿山脊转移到前面某个地方,继续写剩下的部分。当他听到那个女人的话音时,他故意充耳不闻。已经很难再捕捉到一分钟以前似乎如此清晰的音符了,他一度挣扎踉跄,然后又再度豁然开朗。那种若隐若现的特质,当出现在他面前时是如此清晰明了,可是他的注意力一放松,马上就变得不可捉摸。他以最快的速度将记下来的音符统统删掉,就跟刚才记下来时一样快,可是当他听到那个女人的声音突然升高为一声喊叫时,他的手一下子僵住了。

他明知这是个错误,他明知他应该继续写下去的,可是他忍不住再度从岩板上往下窥视。那个女人的脸已经转到克利夫这边来了。他猜想她三十七八岁了。她的脸又小又黑,就像个小男孩,拳曲的黑发。她和那个男人肯定是认识的,因为两个人正在争吵——最有可能是夫妻间的吵架。她已经把背包放在地上,以一种挑战的姿态站着,两脚分开,双手按在臀部,头略为往后仰着。那个男人朝前一步,一把抓住了她的胳膊肘。她把胳膊猛地向下一甩,甩开了他的手。然后她喊叫着一些什么,捡起背包,试图甩到肩后。可是他也伸手抓住了背包,撕扯着。有那么几秒钟时间,两个人扭打成一团,背包被拽过来又拽过去。然后那个男人抢过了背包,手腕一抖,只一个傲慢的动作,就将背包扔到了湖里,背包半没在水里上下浮动了一会儿,慢慢沉了。

那个女人飞快地往水里走了两步,然后又改了主意。她转过身来的时候,那个男人再度试图抓住她的胳膊。自始至终,两个人就没住过嘴,一直在争吵,不过,他们的声音只是时断时续地飘到克利夫耳边。他躺在一边翘起来的岩板上,手指夹着铅笔,另一只手握着笔记本,叹息不已。他真的打算去干预吗?他想象着跑到下面。他跑到他们跟前的时候会有不同的可能性:那个男人可能会跑掉;那个女人会对他心怀感激,他们就可以一起经西托勒的大道下山。就连这种最不可能的结果都会完全毁了他那脆弱的灵感,何况那个男人更有可能把怒气撒到克利夫头上,而那个女人也只能在一旁看着,无能为力。再要么,这倒正好称了他们的心,这也不无可能;两个人又紧紧地抱成了团儿,一起转而怪他多管闲事了。

那个女人又一次喊叫起来,而克利夫则紧紧靠在岩石上,闭上了眼睛。有某种宝物,一块小小的宝石,正在滚落,离他而去。曾有过另一种可能的;他本可以不必爬到这里,他本可以决定就去斯塔海德,赶过那帮穿日辉牌荧光彩滑雪衫的学童,取道"走廊路线"攀上斯科费尔峰。如此一来,不管这儿有什么事发生,也都听天由命了。他们的命运,他的命运。他的珍宝,那个旋律。它的重要意义压迫着他。有那么多东西端赖于它;他的交响乐,他的辉煌成就,他的声望,这个令人悲哀的世纪的欢乐颂。他毫不怀疑他隐约听到的那几个音符能堪当如此重任,在它的淳朴之中蕴含着他一生的作品的尊严和权威。他同样毫不怀疑的是:它并非一部仅靠你去发现的音乐作品——他一直在做的,直到他被打断之前,是在创造它,是从一只鸟的鸣叫声中把它塑造出来,而靠的正是一个致力于创造的心灵那警觉的耐受性。很清楚,眼下的问题在于他得决定何去何从:他要么走下去保护那个女人,如果她需要保护的话;要么他应该沿着格拉拉马拉的边缘偷偷溜掉,找个安全的避难所继续他的工作——如果灵感还没有完全丢掉的话。他不能就这么待这儿什么都不干。

又一声愤怒的声音传来,他睁开眼睛,抬起身子又看了一眼。那个男人已经抓住了女人的手腕,正试图拖着她绕过湖边,把她拽到克利夫正下方一块陡峭的岩石底下的隐蔽处。她空着的那只手在地上乱抓乱挠,可能想找到块石头当做武器,可这么一来只使得那个男人拖起来更容易了。她的背包已经完全沉下去,看不见了。与此同时,他一直在跟她说话,他的嗓音再度降低为那种持续不断、模模糊糊的嗡嗡声。她突然发出一声呜咽的恳求,克利夫很清楚地知道他该怎么做了。即便在他放松下来沿着山坡往回走时,他也明白他刚才的犹豫不决不过是在做戏。他在被打断工作的那一刹那,就已经做出了决定。

回到平地以后,他匆忙沿着来路返回,然后沿着山脊的西侧,绕了个大圈子下来。二十分钟后,他找到了一块表面平坦的岩石当桌子用,弓下身子匆忙地书写。现在脑海里已经几乎一无所剩了。他竭尽全力想把它再度召唤回来,可是他的专注度却被另一个声音所打断;那是坚持不懈的、自我开脱的内心辩白:暴力,或者使用暴力的威胁,或者他尴尬的道歉,或者,最终需要向警方所做的陈述——只要他靠近了那对男女,他一生事业的一个关键性的时刻就必被破坏无疑了。那旋律可经受不住精神混乱的冲击。考虑到那个山脊的宽度,考虑到有那么多的小径可以穿越山脊,压根就不碰到他们该是多么容易的事啊。就假装他没有到过那儿不就行了。他是没到过那儿。他一直在他音乐当中。他的命运,他们的命运,相差云泥,根本就没有交集。那不是他该管的事。这才是他的事,而且并不容易对付,况且他也没指望任何人的帮助。

他终于设法使自己平静下来,重新开始工作。这儿是那只鸟叫的三个音符,在这儿为他的短笛曲转了位,而这儿就是重叠的、扩展开来的音阶的开始……

他在那儿待了有一个小时,弯腰弓背地努力写作。最后他把笔记本装进口袋,快步向前,一直沿山脊的西侧走,不久就到达了底下的荒野地带。他花了三个钟头的时间到达了酒店,他刚到,雨就又下了起来。这就更有理由取消他余下的逗留时间了。他收拾好背包,让女服务员去给他叫辆出租车。他已经在湖区得到了他想得到的东西。他可以在火车上做进一步的加工,等他回到家里,他将把这个庄严的音符模进和他已经为其配好了的可爱的和弦用钢琴演奏出来,释放出它的优美和哀伤。

  无疑正是创作的激动使他在酒店狭窄的酒吧间里走来走去,等着他的出租车,不时停下脚步,凝视着那个蹲伏下来永远在捕猎的狐狸标本;正是这种激动使他有一两次跑到外面的车道上看看他的出租车来了没有。他渴望着尽快离开这个山谷。出租车终于叫了来之后,他匆忙跑出去,把背包往后座上一扔,吩咐司机快走。他一心想离开,他渴望坐上火车,朝南面飞驰,离开湖区。他想再度在城市里隐姓埋名,他想再度禁闭在自己的工作室里,而且——他一直是小心谨慎地在考虑这些——使他这样想的当然是创作的兴奋,而不是羞耻。

第四部

一

　　罗丝·加莫尼在六点半醒来,眼睛还没睁开呢,脑海里就浮现出三个孩子的名字,她在脑海里默诵:莉奥诺拉,约翰,坎蒂。小心不要惊醒了丈夫,她轻手轻脚地下了床,伸手去拿晨衣。昨晚临睡前她又特意看了一遍她的记录,昨天下午她还会见了坎蒂的父母。另两个病人都是常见病:一个是在孩子吸入了一颗花生后做一个诊断性支气管镜检,还有一个是针对肺脓肿做个胸腔导管插入。坎蒂是个文文静静的西印度群岛小姑娘,头发被她妈妈全部梳到后面,用根丝带扎住,在整个漫长疾病的单调治疗过程中一直如此。心内直视手术至少得花三个钟头,有可能是五个,而且最终的结果也并不确定。孩子的父亲在布里克斯顿开着一家杂货店,为这次会面带了一篮子的菠萝、芒果和葡萄过来——献给手术刀这个野蛮上帝的贡品。

加莫尼太太赤脚走进厨房灌满水壶烧水时,这些水果的香气就充满了整个厨房。水烧上以后,她偷空穿过套间狭窄的走廊来到她的办公室,收拾好她的公文包,停下来再次瞥了一眼她的记录。她给本党的主席回了个电话,然后给她睡在客房、已经长大成人的儿子留了个便条,之后才返回厨房去沏茶。她端着茶杯走到厨房窗前,并没有拉动网眼镂花窗帘,朝下面的街道望去。她数了数,瑙斯勋爵街的人行道上一共有八个人,比昨天的同一时间多出了三个。看不到电视摄像机,也没有内政大臣亲自许诺过的警察。她本该让朱利安在卡尔顿花园她的旧居过夜的,比在这儿强。这些人原该是竞争对手的,可是却像聊闲天三五成群,松垮垮地站着,就像夏夜酒吧外头的人群。其中有个人正跪在地上,往一根铝棍上绑什么东西。然后他站起身来,目光扫过各扇窗户,像是看到了她。当一台摄像机上下移动着,镜头伸缩着对准她时,她仍旧面无表情地看着。等到摄像机几乎升到跟她的脸平齐时,她这才从窗前退回去,上楼去更衣。

一刻钟后,她又往外张了张,这次是从起居室的窗户望出去的,比刚才高了两层。她的感觉就跟在儿童医院准备对付艰难的一天一模一样:**镇静**,**警觉**,急不可耐地想尽快开始工作。头天晚上没有客人来,晚饭的时候也没饮酒,花一个小时写她的记录,连续七个钟头的睡眠。她不会让任何事情破坏了她的心情,于是她朝下细细打量起那群人来——现在有九个了——颇有兴趣,又适可而止。那个装了根延伸杆的人已经把它放了下来,把它倚在人行道旁的栏杆上。另有一个人从豪斯福里路的一家外卖店里端来一托盘的咖啡。他们到底想弄到什么自己还没有的东西,而且这么一大早的?他们从这种工作当中又能得到什么样的满足呢?而且他们为什么看起来都这么像?这些不请自来的狗仔队,简直就像是从同一个小型基因污水坑里溅出来的。大脸盘子,双下巴,咋咋呼呼,都穿着皮夹克,讲起话来都一个口音,冒牌伦敦土话和冒牌时髦话的怪异混杂,而且又全都用同一种既是恳求又是挑衅的哼哼唧唧的嗓音往外倒。看这儿,请走这边,加莫尼太太!罗丝!

她已经穿戴齐整,准备好出门了。她端着给他准备的茶,拿着几份晨报走进昏暗的卧室。她在床脚边犹豫了一下。最近这几天他过得狼狈不堪,她真不想把他给叫醒。他昨晚是驱车从威尔特郡赶回来的,又啜饮着苏格兰威士忌熬到很晚,她知道,他是在看伯格曼执导的

《魔笛》①的录像。然后他又把所有莫莉·莱恩的信全都倒腾出来,那些能让他愚蠢地沉溺于他的怪癖中不能自拔的信件。谢天谢地,那段插曲总算是过去了;谢天谢地,那个女人已经死了。那些信仍旧在地毯上散落得到处都是,在清洁女工来之前,他得把它们都收拾起来。枕头上只露出他的头顶——五十二了,头发还挺黑的,她温柔地抚摸着。有时候,在巡视病房的时候,护士也会用这种方式把病床上的孩子叫醒,有几个小男孩的眼睛里总会有几秒钟的迷惑,然后才想起自己不是在家里,那抚摸也不是来自妈妈,罗丝每次看到这种情景,心里总是很受感动。

"亲爱的。"她轻声道。

他的嗓音窝在羽绒冬被里含混不清,"外头有人堵着吗?"

"有九个。"

"操他妈。"

"我得快点走了,我会给你打电话。拿着这个。"

---

① 瑞典大导演伯格曼 1975 年根据莫扎特的同名歌剧摄制的影片,原打算专为瑞典的电视台播映之用,后仍在影院放映。以现在的眼光看来,这部影片的突出之处仅在于这是第一部具有立体声音效的电视电影。

他把被子从脸上推开,坐起身来,"当然了。那个小姑娘,坎蒂。祝你好运。"

她把茶杯递到他手上的时候,两人轻轻吻了吻对方的嘴唇。她把手放在他的脸颊上,提醒他别忘了地板上的信。然后她轻手轻脚地走出卧室,下楼给她医院里的秘书打了个电话。她在门厅里穿上件厚厚的羊毛外套,在穿衣镜里仔细端详了一遍自己,就要拿起公文包、钥匙和围巾时又改了主意,重新上楼。她发现果不出她所料,他又平躺下去,胳膊伸得老长睡过去了,那杯茶搁在一摞部里的备忘录旁,已经凉了。因为这场危机,由于明天,也就是星期五就要正式见报的那几张照片,在过去这一周里她压根儿就没时间也没心情跟他说起她病人的情况,尽管她也知道尽量记住人家的名字是政客们的老伎俩了,她仍旧对他付出的努力心怀感激。她轻轻拍了拍他的手,轻声唤道:

"朱利安。"

"哦,上帝,"他眼睛还没睁开就道,"最早的会议在八点半就开,得从这群毒蛇旁边走过去。"

她以惯常用来安抚那些绝望的父母的嗓音跟他说话,缓慢、轻柔、轻快而非低沉。

"一切都会好起来的,完全好起来的。"

他冲她微微一笑,根本就不信。

她俯下身来,在他耳边低语:"相信我。"

下楼后,她再次在镜子里端详了一遍。她把外套的扣子全部扣上,用围巾掩住半边脸。她拎起公文包走出公寓。来到下面的门廊以后,她把手放在门锁上略停了一会儿,做好准备打开门锁以后一个箭步就冲到车里去。

"哦呀!罗茜!看这边!现在请显得悲伤点儿,加莫尼太太。"

二

大约同时,加莫尼府以西三英里处,弗农·哈利戴正从不断奔跑的睡梦中醒来,然后马上又坠入奔跑的睡梦,或者说是以梦的形式更加栩栩如生地展开的奔跑的回忆,半梦半回忆地跑过铺着积满灰尘的红色地毯的走廊,朝董事会的会议室奔去。迟了,又迟了,迟到明显不敬的程度了,从上一个会议跑到这一个,午饭前还得赶七个会,表面看他是在走,内心其实是在冲刺,整整一个星期天天如此。向那些怒冲冲的语法学家们摆事实讲道理,然后是向《大法官报》满腹狐疑的董事们,向报纸的员工,向报纸的律师,还有他自己和乔治·莱恩手下的人,向新闻从业者理事会和一次电视直播的观众,以及数之不尽、记都记不住的不通风的无线电台演播室的听众摆事实讲道理。弗农面向公众提出的刊登这些照片的理由跟他对克利夫讲的那些道理是一致的,不过更加花言巧语，更加详尽，速度也更快，带有更多的紧迫性和精确度，外加上越来越多的例证，还有饼分图、块状图、数据表等各种图表，以及使人宽心的先例。不过他大部分时间还是在跑，横穿过拥挤的街道，不顾危险地抢占出租车，从出租车上下来后又奔过大理石地面的大厅，冲入电梯，出了电梯又沿着走廊向前，走廊竟然令人恼怒地有个上坡，使他的速度慢了下来，这才导致他迟到。他短暂地醒了一会儿，注意到他妻子曼迪已经下了床，然后眼皮又耷拉下来，再度回到梦境。他艰难地涉过不知是被水、被血还是被眼泪漫过的红地毯，把公文包高高地举起来，红地毯的尽头通向一个圆形剧场。他爬上一个乐队指挥台去宣讲他的论点，可是他的周围却是一片寂静，那寂静就像红杉树一般耸立着，而在暗处，几十双眼睛在躲闪着、回避着，还有个什么人穿过杂耍场内铺的锯木屑离他而去，那人看上去很像是莫莉，他叫她，她却又不应声。

他终于完全醒了过来，感受到由各种晨间的声音构成的宁静——鸟鸣，厨房里远远传来的收音机的声音，轻轻关上碗橱的声音。他把被子推到一边，光身子平躺着，体味着中央空调的热风把他湿乎乎的胸膛吹干的感觉。他的梦不过是他这万花筒般忙乱的一周的片断反映,倒是对这一周的高速运转和情感诉求的一个公正的写照,不过略去了——因为潜意识中不假思索的党派偏见——行动方针及其理论基础,而正是这其中抽绎出来的逻辑性才使得他保持头脑清醒的。照片见报的日子就是明天,礼拜五,还留了一张预备下星期一刊登,进一步推波助澜。这事儿一旦被激发了生命力,它就会生出能踢能跳的飞毛腿来,跑得比他弗农可快得多了。这些天以来,自从禁止令被取消之后,《大法官报》就一直在追踪加莫尼的那点事儿,挑逗着又微调着公众的好奇心,为的就是把那几张谁都没看到过的照片变成政治文化中的一个标志性事件,上到议会下到酒馆,它已然成为一个被普遍关注的话题,成了但凡一位重要人物都无法回避,都要正面表态的一个主题。这家报纸事无巨细地报道了法庭上的舌战,亲如兄弟的政府同僚们冷冰冰的支持表态,首相的心慌意乱,反对党大佬们的"严重关切"以及要人显贵们的深入思考。《大法官报》敞开版面刊登那些反对将照片公开的谴责性意见,还赞助了一场电视辩论,论题就是制定一部隐私法的必要性。

尽管有些不赞同的声音,但一种广泛的共识渐渐浮出水面,即《大法官报》是一家正派而且富有战斗精神的报纸,本届政府执政时间太长了,在财政、道德和两性关系上都已经走向腐败,而朱利安·加莫尼就是其典型代表,他就是个卑鄙之徒,恨不得立马砍掉他的脑袋。不出一个星期,《大法官报》的销量飙升了十万份,而主编大人发现,现在力主他应该保持沉默的已经不是抗议者而是他的高级编辑们了;可是私下里他们却又都希望他继续闹下去,只要他们那些出于原则的不同意见已经被记录在案就成了。弗农正在赢得这场争论,因为每个人,包括那些低级记者们在内,现在都看得明明白白,他们现如今可以一举两得了——既能拯救他们的报纸,又没有玷污了自己的良心。

他伸了个懒腰,打了个哆嗦,又打了个哈欠。距离第一个会议还有七十五分钟的时间,再待一会儿他就得起床刮脸和淋浴,但还不是现在,这是他整整一天内唯一安静的时刻,他才不肯轻易放过呢。他的光身子紧贴着被单,脚边的被子堆成淫荡的一摊,此时又看到了他的生殖器,到了这个年龄还没有被肚子上膨胀衍生的赘肉完全遮没了影踪,脑子里不禁掠过模糊的性爱念头,就像是渺远的夏日浮云。可是曼迪就要上班去了,而他最近结识的朋友,在下院工作的达娜又出国去了，星期二才能回来。他侧过身来，想看看自己是真有了自慰的念头呢，还是放弃这个念头，清空脑子专心于前面的工作为好。他三心二意地抚弄了两下，然后就放弃了。这些日子里，他似乎既缺少了思想的专注和清晰，又没有了头脑的空虚，而这一行为本身也就显得既过时又不现实，古怪得很，就跟钻木取火一般。

除此以外，在弗农最近的生活当中，有那么多事情要考虑，有那么多真实的世界给他以威胁，又岂是单纯的想入非非堪能与之争锋的。他已经说出的话，他即将说出的话，它们如何流传开来，他下一步的行动，一步步呈现出来的成功的进程……在本周不断累积的冲力当中，实际上，每个钟头都向弗农展现出他的权力和潜能的某个全新的侧面，而当他善于说服和运筹帷幄的才具开始产生出真正的成果之时，他感到自己是何等强大而又善良，或许有点残忍，不过终究是善莫大焉，仅凭他一己之力就能挽狂澜于既倒、扶大厦之将倾。他看得比他的同辈中人都要高远，他清楚地知道他将只手塑造他的祖国未来的命运，而且他完全能够担当这样的重任。非但是能够担当——他简直是需要这样的重担，他的才具使他需要担当这种他人谁都无法承受的重担。当乔治隐身在一位代理人身后,将这些照片拿到自由市场上来竞价时,又有谁能像他这样坚决果断?还有八家报社也参加了竞标,他弗农不得不将竞价提高到了原来的四倍,才最终确保了这笔交易的成功。以他现在的眼光看来,他不久前竟然还曾经深受头皮麻木和非存在感的折磨,甚至于身陷疯癫和死亡的恐惧,实在是匪夷所思。是莫莉的葬礼使他感觉紧张不安的,而现在,他的目标和存在使他一直充实到了手指尖。他正在干的这件事生机无限,而他本人也同样如此。

但还是有一件小事使他无法享受到完满的快乐:克利夫。他已经在头脑里向他慷慨陈词过无数次了,将他的观点磨砺得更加有力,又加上那天夜里本该陈述的所有论据,他差不多都能使自己相信,他就要把他的老朋友也争取过来了,就像他能完胜董事会里那帮老顽固一样。可是自打上次吵架之后两人还没搭过腔,而随着照片见报的日期愈益临近,弗农担的这份心也就愈益严重了。克利夫究竟怎么样了呢?他是垂头丧气了,还是勃然大怒了,抑或一直关在他的工作室里沉迷于工作而对公众事务不闻不问?本周内弗农有好几次想到,应该抓住独处的那一分钟时间给克利夫打个电话,可是他又担心来自克利夫的最新攻势会使他在接下来的文山会海中丧失了坚定性。眼下,弗农越过挤成一堆鼓鼓囊囊的枕头,瞥了一眼床头的电话,猛扑了过去。最好别再胡思乱想地畏首畏尾了,当机立断才是好汉。他必须得拯救这段友谊,最好是在他内心平静的时候来打这个电话。他已经听到一声响铃声了,这才注意到才不过八点一刻。未免太早了些儿。果不其然,克利夫摸索着抓起听筒时的撞击声说明他正是在睡得几近麻痹的当头被生生吵醒的。

"克利夫吗?我是弗农。"

"什么?"

"我是弗农。我把你吵醒了吧,实在抱歉……"

"不,不,根本没有。我正站在这儿,正想着……"

听筒里传来床单的沙沙声,那是克利夫重新调整他在床上的姿势发出来的。我们为什么老在电话里就睡眠撒这么多谎呢?我们要捍卫的是我们在睡着的时候的脆弱无依吗?当克利夫再度开口时,他的嗓音已经不再那么沙哑了。

"我一直想给你打电话,可是我下周就要去阿姆斯特丹进行排练。我一直以来都工作得太拼命了。"

"我也是,"弗农道,"这一周以来简直没有一分钟的空余时间。你瞧,我还是想再跟你谈谈那些照片的事儿。"

克利夫那边沉吟了片刻,"哦,是呀。那些照片,我猜你已经要登出来了吧。"

"我征求过了很多不同的意见,达成的共识是我们应该刊登这些照片。就明天。"

克利夫轻轻清了清嗓子,听起来他对这件事确实已经放松下来,"哦,反正该说的我都说了,我们只好同意求同存异了。"

弗农道:"我可不想这件事横在咱们中间成为芥蒂。"

"那是自然。"

他们的谈话转移到了别的话题。自然,弗农大体介绍了一下他这个星期以来忙活的过程。克利夫则告诉他,他是如何彻夜不眠地工作,怎样在那部交响乐的创作上取得了重大突破,还有就是他决定跑到湖区去远足是多好的一个主意。

"哦是呀,"弗农道,"到底怎么个情形?"

"我走过一个叫做艾伦危崖的地方,就是在那儿,我取得了突破,纯粹的灵感迸发,就是这个旋律……"

正是在这个节骨眼上,弗农注意到他的"来电等待"[①]发

---

① 也叫"电话插播",是一种电话服务,可提醒通话中的用户有新来电,用户可以选择在两个通话中进行切换。

出了哔哔声。两次,三次,然后停止——是他办公室里的某个人,大概是弗兰克·迪本。今天,最后并且是最重要的一天,就要开动机器正式运转起来了。他光着身体坐在床沿上,一把抓起手表来跟闹钟比对了一下。克利夫并没有生他的气,这再好也没有了,而现在他得走了。

"……因为我待的地方他们看不到我,而且情况看起来委实龌龊不堪,不过,我必须得做出一个决定……"

"嗨嗨,"弗农每隔半分钟左右就重复一声。他已经把电话线拉到了尽头,一只脚站立,用另一只脚从一堆衣服里找寻干净内衣。冲澡是甭想了,洗了脸以后再刮也办不到了。

"……他已经把她给打成了肉酱也未可知。不过,话又说回来了……"

"嗨嗨。"

他歪着头用肩膀夹住电话,小心地想从玻璃纸包装里取出一件衬衣又不发出响声来。这些提供衬衫服务的人到底是出于无聊还是施虐狂,要把每粒纽扣都扣得紧紧的?

"……大约走出去半英里以外,我才发现那块岩石,我把它当做桌子来用……"

弗农的裤子穿了半截的时候,"来电等待"的声音再度响起。"那还用说,"他道。"一张岩石的桌子,任何一个脑子正常的人都会用得上的。不过克利夫,我上班就要迟到了,得赶紧了。明天一起喝一杯如何?"

"哦。好吧。好的。下班后过来就是了。"

三

弗农从报社配给他乘坐的超小汽车的后座上挣脱出来,先在《大法官报》报社外头的人行道上喘了口气,把弄皱了的西装拉拉直。他匆匆穿过黑色和姜黄色大理石铺地的大厅,看见迪本正等在电梯旁。弗兰克在他二十八岁生日的那天就当上了国际版的副编。可是四年过去了,编辑已经换了三任,他却仍旧是个副编,传闻他可是一直寝食难安。因为他人既瘦,又一副饥渴难耐的样子,大家都叫他卡西乌斯。不过这是有失公正的:他眼睛乌黑,一张脸又长又苍白,满脸的胡子楂,使他看起来颇像是警察局单间牢房里的审讯官,可是他为人虽有些拘谨,举止倒是彬彬有礼,而且具有一种吸引人的、冷嘲式的才智。弗农本来一直心不在焉地对他有些厌恶,不过就在加莫尼的事件刚刚引起一阵骚乱的时候,他就对弗兰克改变了态度。就在印刷工人工会通过了对主编的不信任案的那天晚上,也就是弗农跟克利夫定下互助契约的那天晚上,这位年轻人在黄昏时分的街道上一直跟在弯腰驼背的弗农身后,终于下决心赶上了他,碰了碰他的肩膀提议去喝一杯。迪本说话的语气显得颇有说服力。

两人步入小巷子里一个弗农不曾光顾过的小酒馆,一个遍布满是裂缝的红色长毛绒、阴沉沉烟气缭绕的地方,就在一台巨大的自动唱机正后面捡了个火车座落座。几杯金酒加汤力水下肚后,弗兰克向他的主编坦白了对于事情竟会搞到如此结果,他暗中怀有的愤怒。昨晚的投票还不是被印刷工人工会那几个历来就可疑的家伙操控的,他们的牢骚和嫌隙也不是一年两年了,而他,弗兰克,则以工作压力太大之由没有去开会。他说,除他以外也还有些人的感觉跟他一致,他们希望《大法官报》能扩大其吸引力,办得活络起来,干出点像是把加莫尼给搞臭这样勇敢大胆的大事儿来,可是激励和晋升的每一种手段和途径却都一直牢牢掌握在那帮僵化的语法学家手中。这帮老卫道士宁肯看到报纸垮台,也不愿去吸引三十岁以下的读者群。他们已经扼杀了大号字体、时尚生活版、星座栏、额外的健康增刊、名人八卦版、虚拟宾果游戏和"难过大叔"心理咨询栏,对英国王室和流行音乐的鲜活报道也同样难逃厄运。而现在,他们又对唯一能拯救《大法官报》的主编大人发动了突袭。在年轻一辈的职员当中是不乏弗农的支持者的,可是他们没有发言权。谁也不想第一个站出来,充当最先被打中的出头鸟。

弗农突然觉得脚底下一阵轻松,就跑去吧台又要了一轮酒。显然,是时候该开始听听他手下年轻一辈职员的意见了,是时候该培养提携他们了。回到酒桌旁,弗兰克点了根香烟,礼貌地掉转身去把烟吐到火车座以外。他接受了弗农的请酒,继续侃侃而谈。当然,他是没见过那几张照片,不过他知道把它们登出来肯定是对的。他想对弗农表示他的支持,而且还非止于此。他想能给他派上用场,也正因为如此他不该公开被大家认作主编的支持者。他告了个退,走到食品柜台,点了份香肠和马铃薯泥,弗农不禁想象出一个卧室兼起居室或是工作室的公寓房间,里头一个人都没有,并没有什么姑娘在等着国际版的副编回家。

弗兰克再度落座以后,又迫不及待地道:"我可以跟您保持联系。我可以让您知道他们都说了些什么。我能搞清楚真正支持您的都是谁。不过,我得表面上看来跟您毫无牵连,完全中立。您介意这样吗?"

弗农并没有明确表态。在这个圈子里混了这么久了,他自然不会在没了解清楚之前就贸然雇用个办公室的密探。他把话题转向了加莫尼的政治主张,两个人愉快地谈了半个钟头,你一言我一语地分享对此人的蔑视之情。可是三天以后,他正待穿过走廊,却被反对派们的狂热吓了一跳,并开始——只是略微有点——举棋不定了,他于是跟迪本一起又回到上次那个小酒馆,在同一组火车座上就座,把照片拿给他看。其效果是令人振奋的。弗兰克仔仔细细地查看了每一张照片,没发表任何评论,只是摇头。然后他把照片放回到信封里,镇静地说:"令人难以置信。这家伙可真是伪善之极了。"

两个人若有所思地沉默了片刻,然后他又加了一句,"您必须得做下去。您决不能让他们阻止了您。这将完全毁掉他当上首相的机会,这会让他彻底完蛋。弗农,我真想能帮上您的忙。"

年轻职员们对他的支持从来也没像弗兰克声称的那样显而易见,不过这些天来正是他们的支持使《大法官报》整个儿陷入了静止状态,知道哪些论点可以正中靶心实在是千金难买的好事儿。通过自动唱机后头的几次会面,他知道了反对派何时又是为了什么开始分化的,以及该选择什么时机将他的主张贯彻到底。在制造舆论和执行计划的过程中,弗农很清楚地知道,在那帮语法学家当中具体该孤立谁,该团结谁。他能把制造舆论的想法拿来试探弗兰克,而弗兰克又会提出他自己的一些好建议。最重要的是,弗农终于有了个可以说说话的人,一个能分担他那历史性使命、分享他的兴奋和激动的人,此人本能地就理解了这一事件那里程碑式的意义,而且在所有的人都对他吹毛求疵的时候坚定地支持他、鼓舞他。

现如今,因为有了总经理在董事会里的支持,舆论制造和追踪报道的文章已经拟就,再加上发行量节节攀升,职员当中无言却不依不饶的骚动也慢慢散尽,论理也就没必要再跟弗兰克私下里会面了。不过,弗农记挂着要对他的忠诚做出回报,有意让他接替莱蒂斯的位子,做特写版的编辑。她在那对连体双胞胎报道上的拖泥带水已经给她判了死缓,而她弄的那个象棋增刊就等于是立即执行了。

眼下,这个星期四的早上,刊登照片前的最后一天,弗农和他的副官一道乘坐古老的电梯到了五楼,那电梯都似乎一样地战战兢兢。弗农仿佛又回到了大学期间演戏的那些日子,那最后一次彩排,黏糊糊的手心、一阵阵揪紧的内脏和腹泻的肠胃。等到上午的会议结束的时候,所有的资深编辑、所有的资深记者以及除此以外的很多人,就将已经看到那些照片了。报纸的第一版五点一刻就下了印厂,不过要等到九点半,报纸的第二版开印的时候,加莫尼的形象,他的连衣裙连同他深情的凝视,才会成为克罗伊登①新印刷厂钢质墨辊上一个狂怒的污点。之所以这么安排就是为了不给竞争对手以任何可乘之机,以免他们把照片偷出去在他们自己后面发行的各版报刊上拆《大法官报》的台。到十一点,发行部的卡车就会上路了。到那时,就算是想悬崖勒马也来不及了。

"你看到新闻报道了?"弗农道。

"真是天赐之福。"

今天所有的报纸,不论是大报小报,都不得不刊登了相关的特写。在每一个标题,在每一个匆忙之中搜寻出来的新鲜角度当中,你都可以看到其中隐含的不情愿和嫉妒。《独立报》登了篇评述十个不同国家各自的隐私法的陈腐文章。《电讯报》则装模作样地发了篇心理学家写的对易装癖的理

---

① 克罗伊登(Croydon)为英国英格兰东南部城市,在大伦敦郡的南部。

论分析,而《卫报》则不惜篇幅,用了整整两版的跨栏篇幅,首要位置是一张 J·埃德加·胡佛①身着礼服裙装的照片,底下配了一篇描述政府官员在任内易装行为的文章,极尽嬉笑怒骂之能事,颇能增广见闻。可是所有这些报纸打死都不提《大法官报》的名讳。《镜报》和《太阳报》重点报道了加莫尼正在他位于威尔特郡的农场的消息。两家报纸登的都是用长焦镜头拍摄的几张类似的照片,照片上的外交大臣和他的公子正隐没入一个谷仓的暗处。巨大的门洞开着,光线落在加莫尼的肩膀上,双臂则背光隐在暗处,暗示这个人马上就要被黑暗吞没了。

电梯行至第三和第四层中间的时候,弗兰克按了下按钮,刹住了绞车,电梯骇人地颠簸了一下才停下来,这下颠簸很让弗农感到揪心。这个装饰华丽的黄铜和桃花心木的盒子悬空在电梯井上咯吱咯吱地晃荡。此前两人也开过一两次这种三言两语的交心短会。主编大人觉得他必须得强压下他内心的恐惧,表现出无动于衷的冷淡模样。

"就几句话,"弗兰克开口道。"麦克唐纳将在会上做个

---

① 胡佛(John Edgar Hoover,1895—1972),美国联邦调查局局长(1924—1972),建立指纹档案,对美国公务人员进行"忠诚"调查,招致舆论抨击。

简短的发言。并非承认他们先前就错了,也不是说就完全原谅了你的所作所为。不过你也知道,如今咱们已经是凯歌高奏了,而且既然咱们得继续前进,咱们就尽弃前嫌,齐心协力吧。"

"好的。"弗农道。

那局面可是够微妙的,听着副主编大人在道歉而又假作不知。

"问题是,别的人可能会插进来帮腔,甚至还会有人喝彩,诸如此类的。如果你觉得没问题的话,我想在这个阶段我应该韬晦一点,暂不公开我的真正意图。"

弗农感到内心一阵轻微而又短暂的悸动,就像是某块久被忽略了的反射肌突然紧了一下。那种触动是好奇和不信任兼而有之,不过,现在不论是干什么都来不及了,于是,他说:"那是自然。我需要你处在合适的位置。接下来的几天可是非常关键的。"

弗兰克于是碰了一下按钮,一时之间什么反应都没有。然后,电梯陡地下跌了几英寸,然后摇晃着向上爬去。

琼一如既往地站在折叠拉门的远侧,手里拿着一沓信件、传真和剪报记录。

"大家在六号房间等您。"

第一个会是跟广告部经理和他的团队开的,他们觉得这可是到了该提高价码的时候了。弗农本不想掺和这事儿。他们急匆匆地沿着走廊——跟他的梦里面红毯铺地的走廊一模一样——向前走时,他注意到,就在另外两个人跟上时,弗兰克却金蝉脱壳开溜了。那两个是版面设计部的,有人想把头版的照片缩减,以便给比通常更长的本期导言留出版面,可是弗农早就打定了主意该把报纸做成什么样。讣告栏的编辑曼尼·斯凯尔顿斜刺里从他那碗橱大小的办公室里冲出来,在弗农大踏步走过时把几页打字稿塞到他手里。这是他们受命撰写的讣告草稿,以防加莫尼一时想不开自我了断以后好用。读者来信栏的编辑又加入了队列,希望在第一个会开始前先说上句话。他预计会有大量读者来信纷至沓来,因而想争取到整版的版面。现在,在朝六号房间大踏步前进时,弗农又觉得找回了自己,强大,仁慈,残酷无情却又秉性良善。换了别人,都会觉得肩膀上的压力不堪重负,可是他却感到一种无所不能的轻松,或者说是一道光,一道能力超群和幸福无边的光芒,因为他那双信心十足的手就要把一颗毒瘤从政治体制的肌体上彻底切除——这就是他打算在加莫尼辞职之后,用在社论中的意象。伪善将要被曝光,国家将留在欧洲之内,死刑和强制兵役将仍旧只是一个疯子的梦呓,社会福利将以此种或是他种形式幸存下来,全球的环境将会获得一次改善的良机,弗农开心得简直就要放声歌唱了。

他虽没有放声歌唱,可接下来的整整两个钟头里却弥漫着一出轻歌剧所具有的勃勃生气,其中的每一首咏叹调都是属于他的,灵活多变的多声部合唱队不仅异口同声地一致赞颂着他的功绩,而且还和谐一致地附和着他的想法。然后就到了十一点,比平常多得多的人蜂拥而入弗农的办公室来参加上午的会议,把他的办公室填得满满登登。编辑们、他们的副编和助理们,还有记者们填满了每一把座椅,斜靠在每一英寸墙面上,就连窗台和暖气片上都坐满了人。那些实在挤不进房间里的就簇拥在敞开的大门口。当主编大人挤进办公室落座的时候,大家由交头接耳立马变得鸦雀无声。他一如既往,废话一句没有,直接就切入本题,确实称得上艺高胆大,不落俗套——先是花几分钟时间检讨上期报纸,然后就是过一遍下期的目录。今天自然是不会有对于头版的争夺了。弗农作的一个让步就是颠倒一下惯常的次序,把国内新闻和政治版放到最后。体育版编辑有一篇披露亚特兰大奥运会背景情况的文章,还有一篇英国的乒乓球双打何至于到了如今状态的评论。文学版的编辑以前可是从来起不来床,晨会是照例参加不了的,这次昏昏欲睡地介绍了一本描写食物的小说,那小说听起来是如此自命不凡,弗农不得不让他中途闭嘴了。从艺术版编辑那儿得知他们正面临经费危机,而特写版的莱蒂斯·奥哈拉终于准备要发表她那篇直击荷兰医疗丑闻的大作了,而且为了锦上添花,还额外奉送了一篇工业污染如何正在把雄鱼变成雌鱼的特写。

轮到国际版编辑讲话的时候,大家的注意力开始集中了。欧洲各国的外长要举行一次会议,加莫尼也将与会——除非他立马辞职。因为确实存在着这种可能性,兴奋的喃喃低语于是在整个房间传播开来。弗农特意请政治版的编辑哈维·斯特劳发表一下见解,此君于是详述了一番政治人物辞职的历史。近来这种事儿可是不多见了,很明显这已经是一门濒死的艺术了。现任的首相,大家都知道他一向注重个人和友谊、忠于朋友,但政治本能却很缺乏,在加莫尼被迫辞职之前很有可能会力挺他。这会使加莫尼事件拖延下去,而这对《大法官报》而言只会有好处。

应弗农的邀请,发行部经理证实,最近的发行数字是十七年来的最高了。闻听此言,喃喃低语遂膨胀为大声喧嚷,那些站在外间琼的办公室里的失意记者们决定冲开面前的人墙,于是门口拥挤的人堆开始左右摇晃、跌跌绊绊起来。弗农拍了拍桌子,请大家保持秩序。他们还得听取国内版编辑杰里米·鲍尔的工作汇报,杰里米不得不提高了嗓门讲话:一个十岁大的男孩今天被指控犯了谋杀罪;湖区的那个强奸犯在一周内已经是第二次作案,昨晚警方逮捕了一个嫌疑犯;康威尔海岸发生了原油泄漏。可是没有一个人真正感兴趣,因为只有一个话题能让大家安静下来。鲍尔最后总算是尽到了义务、帮上了忙:有位主教写信给《教会时报》,就加莫尼事件攻击《大法官报》,此事应当在今天的社论里进行批驳;政府下院普通议员委员会今儿下午要开一次会,这事儿应该报道;还有就是在加莫尼位于威尔特郡的选区总部,有块砖头破窗而入。紧跟在这个消息后头,出现了参差不齐的掌声,然后又安静下来,因为格兰特·麦克唐纳,弗农的副手,开始讲话了。

他可是《大法官报》的老人了,块头极大,一大把匪夷所思的红胡子从不修剪,都快把整张脸给遮没了。他极喜欢显摆他是个苏格兰人,在他为报社组织的"彭斯①之夜"晚会中穿上苏格兰方格呢短裙,在报社举行的新年晚会上大吹苏格兰风笛。可是弗农疑心麦克唐纳可能从来就没去过比默斯维尔山②更北的地方。在公开场合,他给予他的主编应得的支持,但在私下里,他对这整桩事件都表示怀疑。但不知怎的,这整幢大楼里的人都像是知道他的怀疑态度,所以大家现在才这么热心地想听他如何表白。他一开始的话音听起来像是低沉的嘟囔,反倒更加深了周遭的寂静。

"我现在可以说这话了,说起来会让大家觉得吃惊,不过我确实一开始就对此事有点儿怀疑的……"

这个缺乏诚意的开场白引起一场哄堂大笑。弗农对其中的不诚实感到震惊;这事儿意味深长,错综复杂,诡计多端。他脑子里不禁浮现出这样一个意象:一个锃明瓦亮的金箔盘子上刻着模糊褪色的象形文字。

麦克唐纳继续描述他的疑虑——个人的隐私、小报的手段、藏着掖着的行动计划等等,然后他进入了他这番讲

---

① 彭斯(Robert Burns,1759—1796)为苏格兰伟大的民族诗人。
② 默斯维尔山(Muswell Hill)是伦敦以北一个近郊地名,距查令十字街也不过六英里的路程。

话的关键,同时也提高了嗓门。弗兰克的总结一点都没错。

"不过多年的经验也告诉我,在咱们这个行业里有时候——请注意,这种概率并不高——你不得不暂时把自己的观点放到一边。弗农已经以他的激情和绝对的记者本能,证明了他的做法是何其正确,而且现在在这幢大楼里有这么一种情感,一种对于这份报纸的强烈诉求,这把我带回了每周只三天工作日的旧日好时光,那时候我们真正地知道什么该做什么不该做。今天,发行数据已经说明了一切——我们已经成功地释放出公众的情绪,所以……"格兰特转向主编,眉开眼笑,"我们正再度展翅翱翔,而这全是你的功劳。弗农,太感谢了!"

一阵掌声雷动后,别的人也纷纷插话表示祝贺。弗农抱着双臂坐着,面容严肃,目光集中在桌子镶面的纹理上。他想笑,却又似乎不太合适。他满意地注意到,报社的总经理托尼·蒙塔诺正在细心地记录谁都说了些什么。都是谁来开会了。会后他得单独找托尼谈谈,解除他对迪本的疑虑,因为这小子正瘫坐在自己的椅子上,双手深深地抄在兜里,双眉紧锁,不断摇头。

为了让站在后排的人也听得见,弗农站起身来答谢众人。他知道,他说,在场的大部分人都曾在不同的时段反对过刊载那些照片。不过他对此只有感激之情,因为在某些方面,新闻业就像是科学:只有最好的点子才能幸存下来,而且明智的反对意见对其只有磨砺和强化的功效。他这种经不住推敲的花哨说法博得了一轮热诚的掌声;那么就不必再有什么羞耻感,也不必担心天堂里的因果报应了。等到掌声渐渐平息的时候,弗农已经从人群中挤了出来,来到挂在墙上的一块白板面前。他把贴住一张大白纸的胶带一下撕开,露出了明天报纸的头版放大了两倍的版样。

照片整整占据了横跨八栏的宽度,高度则从报头一直伸到整张版的四分之三处。整个办公室鸦雀无声,忙着接受那裁剪简单的裙子,那模仿猫步的奇情异想,那特意摆出来的俏生生的姿态——假意要避开镜头凝视的嬉笑的、故作娇羞的姿态;那小小的乳房还有那巧妙地半遮半露的文胸带子,那颧骨上淡淡玫瑰红的妆容,那故意半噘着的嘴唇被爱抚地抹上了一层唇彩,显得分外丰润;还有虽然变了模样却仍旧能轻易辨认出来的那位公众人物的脸上,绽露出来的私密而又充满渴望的神情。照片的正下方,用三十二分①的黑体小写字母印着一句再简单不过的说明:"朱利安·加莫尼,外相。"除此之外,整个头版再无任何多余的内容。

曾经如此喧闹的人群现在完全被镇住了,一时间鸦雀无声,而且一直持续了半分多钟,然后弗农清了清嗓门开始描述周六和周一的战略战术。正如一位年轻记者事后在食堂里对另一位所描述的那样,那简直就像是眼看着你认识的某个人在大庭广众之下被剥光衣服遭受鞭笞。毫无遮掩,而且遭到刑罚。尽管如此,在大家终于散开、各归各位以后,大家普遍的看法却是:这张照片的拍摄具有第一流的专业水准,这一看法又在午后时分得到了强化。刊登这张照片的这张头版无疑终将成为经典,会在新闻学院里当做范本讲授。其视觉冲击力连同其构图的简洁、质朴和力量,简直令人过目不忘。麦克唐纳说得没错,弗农的直觉从来都不会出错。他只考虑致命的要害,果断地把所有的文字报道全都押后到第二版,而且坚决抵制住了花哨刺眼的大幅标题和废话连篇的图片说明的诱惑。他知道他拥有的东西所具有的力量。他

---

① 分(point)用于表示铅字规格时等于1/72英寸。

让照片自身来讲故事。

等最后一个人也离开了他的办公室后,弗农关上门,将窗户大开,把室内的闷浊空气排放到三月的潮湿空气中。距离下一个会还有五分钟时间,他需要想一想。他通过对讲机告诉琼不要打搅他。那个念头在他的脑海中滚来滚去——一切顺利,一切都很顺利。可是有件什么事儿,一件重要的事儿,有个他需要对之做出反应的新鲜信息在困扰着他,可是接着他又分了心,然后索性给忘了,它跟一大堆相似的信息一起一闪而过。那是一句话,是当时让他吃了一惊的只言片语。他当时就该大声说出来的。

事实上,一直到下午将近黄昏,他又有了单人独处的机会的时候才又想起这件事来。他站在白板前,竭力想再度回味那一闪而过的惊奇滋味。他闭上眼睛,开始依次回想上午的会议进程,回想大家说的每一句话。可是他就是不能把思路集中到这件事上来,思绪又开始信马由缰地跑开了。一切顺利,一切都很顺利。要是没有这桩小事的困扰,他真会拥抱自己,跳到桌子上跳起舞来了。这像极了今天早上我躺在床上,琢磨着自己的大获全胜时的情形:就因为还有克利夫的非难,他才不能享受到完满的幸福。

对了,就是克利夫。他一想到他朋友的名字,终于记了起来。他穿过房间走向电话。事情很简单,可能又很不寻常。

"杰里米?你能来一下我的办公室吗?"

杰里米·鲍尔不出一分钟就过来了。弗农请他坐下,开始详细地询问并记录下地点、日期、具体的时间,已知的和怀疑的事实。鲍尔一度还打电话跟具体报道这件事的记者核实了一些细节。然后,等国内版的编辑一走,弗农就用他的私人线路给克利夫打了个电话。电话里又是拖拖拉拉、卡卡嗒嗒地拿起听筒,又是被褥掀动的声音,还有沙哑的嗓音。已经下午四点多了,克利夫到底怎么回事儿,就像个寻愁觅恨的惨绿少年一样成天躺在床上?

"啊,弗农,我刚才正……"

"听我说,你上午提到的那件事儿。我得问问清楚,你在湖区时是哪一天?"

"上周。"

"克利夫,这很重要!具体哪一天?"

又是一阵咕哝和咔哒声,那是克利夫挣扎着要坐起来。

"应该是星期五……到底怎么……"

"你看见的那个男人,不——等等,你爬上艾伦危崖时具体什么时间?"

"大约是一点钟,应该是这样。"

"听我说,你看到有个家伙正在攻击一个女人,而你决定不去帮她。那家伙就是湖区的强奸犯。"

"从来没听说过。"

"你就从来不看看报纸吗?他去年一年间已经袭击了八位女性,大都是徒步登山者。好在这个女的逃脱了。"

"这倒叫人松了口气。"

"松什么气啊。就在两天前,他又袭击了一个人,昨天他才被捕。"

"哦,那就应该没问题了。"

"不,有问题。你当时没想去帮那个女人,那也罢了。可要是你后来去报警的话,这个女人也就不会遭此劫难了。"

克利夫那边短暂地停顿了一下,是他在理解这话的意思,要么就是在打点起精神来。现在他已经完全清醒了,嗓音也硬了起来。

他说:"这并没有必然的因果关系,不过也不必去管它了。可你干吗要提高了嗓门嚷嚷呢,弗农? 今天又是你的一个狂躁天吗？你到底意欲何为？"

"我想请你现在就去警察局，告诉他们你都看到了什么……"

"想都别想。"

"你可以指认这个人呀。"

"我正处在完成一部交响曲的最后阶段，这部……"

"不——你不是，该死的，你正躺在床上呢！"

"这不关你的事。"

"这事儿非同小可。到警察局去，克利夫，这是你道义上的责任。"

听得很清楚的长吸一口气，又停顿了一下，像是在重新考虑和确认，然后，"你居然来告诉我我的道义责任？在所有的人中居然是你？"

"你这话什么意思？"

"意思是那几张照片，意思是你在莫莉的坟头上拉屎……"

竟然说他在一个并不存在的坟墓上排泄，这标志着他们的争论调转了方向，而且百无禁忌了。弗农插了进来，"你什么都不懂，克利夫！你过着一种高高在上的特权生活，你他妈什么事儿都不懂!"

"……意思是不择手段地把一个人赶下台？意思是阴沟一样肮脏的新闻业？你怎么能忍受得了你自己的?"

"你想怎么吵吵就怎么吵吵吧,你彻底失控了！可是我告诉你,你要是不去警察局,我就亲自就打电话告诉他们你当时都看到了些什么,你就成了一次预谋强奸的帮凶……"

"你疯了吗？你竟敢威胁我！"

"世上有些东西是比交响曲更重要的,他们就叫做人民。"

"那么这些人民是不是就跟发行量一样重要呢,弗农?"

"到警察局去！"

"去你妈的！"

"去你妈的！"

弗农办公室的门突然开了,琼走了进来,焦虑得身体都扭曲了,"我很抱歉打断了您的私人谈话,哈利戴先生,可是我想您最好还是打开电视机。朱利安·加莫尼太太正在举行记者招待会……一频道。"

四

　　党内的几位当家人为了这一事件可以说是费尽了心机，仔细权衡之后终于做出了几项合理的决定。其中之一就是允许媒体在那天上午进入一家知名的儿童医院，去拍摄加莫尼太太刚从手术室出来的情形，她又疲惫又开心，因为刚刚为一个叫坎蒂的九岁黑人女孩做完了心内直视手术。这位外科医生查房的镜头也被拍摄了下来，身后簇拥着一大群恭恭敬敬的护士和专科住院医生，被一个个显然对她崇拜不已的孩子们轮流拥抱。然后，镜头转向医院的停车场，捕捉到小姑娘满怀感激的父母与加莫尼太太之间一次热泪盈眶的会面。这些就是弗农把电话摔上，在桌子上的纸堆里徒劳无获地找了一阵遥控器，干脆跳过去手动打开高高挂在他办公室一个角落的电视屏幕后最先看到的一组画面。当那位呜咽不已的父亲把半打菠萝塞到医生怀里的时候，一个画外音解释说,在等级森严的医疗体系中一个人竟然能上升到如此的高度,再单纯地称之为"医生"就已经不合适了。对你来说,那就是加莫尼太太。

弗农的心脏因为刚才的一场争吵还在怦怦直跳,他退回到办公桌的位置继续往下看,与此同时,琼蹑手蹑脚地走出办公室,然后轻轻把门带上。现在,镜头转向了威尔特郡,从某个较高的位置俯瞰着一条绿茵夹峙的小溪,然后小溪蜿蜒地流过光秃秃此起彼伏的山峦。绿树掩映中,一座舒适的农舍依稀可见,当解说词在大致讲述加莫尼事件那已经众所周知的背景时,镜头开始长距离地缓慢推进,最终落到一只绵羊身上,它正在农舍的前草坪上照顾它新出生的羔羊,草坪紧靠着灌木丛,就在农舍前门旁边。这是党内的另一项决定:一伺罗丝完成了医院的工作,就马上把加莫尼夫妇以及他们两个已经成年的孩子安娜贝尔和内德送到他们乡下的别墅度过一个长周末。展现在弗农眼前的是一和和睦睦的一家人,从一扇有五道栏杆的大门上头望着镜头,穿着羊毛衫和油布外套,身边还陪伴着他们的牧羊犬米莉和一只家养的英国短毛猫,名叫布里安,安娜贝尔疼爱地把它抱在怀里。这正是接受媒体拍照的时间,不过外相大人的表现却异乎寻常,非但缩在后面,而且显出一副,哦,绵羊,甚至是羔羊般温顺的做派,因为在这一事件中他妻子才是中心人物。弗农知道加莫尼是完蛋了,不过仍忍不住点头称是,内行地向这种高超的演技致敬,真真是纯粹的专业做派。

解说词渐渐淡出后,有了实际的声音,那是电动静态相机镜头的咔嚓声和电机的嗡嗡声,还有镜头外各种愤愤不平的声音。从画面的和倾斜和摇晃中可以看出,现场肯定有一定程度的推推搡搡。弗农瞥到了一眼天空,然后又看到了摄像师的脚和橘黄色的带子。那整个杂耍场地想必就在那儿,用带子圈了起来。镜头终于找到了加莫尼太太,定了格。她清了清嗓子,准备发言。她手里拿着讲稿,不过她并不打算照念,因为她有足够的信心,不需要书面的提示。她又略停了停,确保每个人都把全副的注意力集中到她身上,然后开讲。她先是简单回顾了一下他们的婚史,当年她还在伦敦市政厅工作,梦想着能成为一位职业钢琴家,而朱利安则是个一贫如洗却百折不挠的法学院学生。那些日子里他们拼命工作,结果也只能将就凑合,住的是南部伦敦一个一居室,然后是安娜贝尔出生,她直到那时才下定决心要学医,对此朱利安给了她多么坚定不移的支持。他们如何骄傲地买下了他们的第一幢房子,尽管是在弗勒姆地段不好的一头。再往后就是内德的降生,朱利安的律师事业越来越成功,以及她第一次做起了实习医生,等等,等等。她的声音很放松,甚至有些亲切,她语气中带出来的说服力与其说源自她的阶层,或者她作为一位内阁大臣妻子的身份,还不如说是来自她本人杰出的专业成就。她说起她如何为朱利安的事业感到的骄傲,他们从自己的孩子身上得到了何等的快乐,他们夫妇俩如何分享着彼此的成功、分担着对方的挫折,还有他们是如何一以贯之地尊崇快乐、纪律以及最重要的——诚实的美德。

她顿了一下,微微一笑,好像是对自己微笑。从一开始,她说,朱利安就向她坦白了一些事儿,一些相当让人吃惊,甚至有点骇人听闻的事儿。不过跟他们之间的真爱相比那就根本算不得什么了,而且经过了这么多年,他的这点小怪癖在她看来已经不无可爱之处,而她甚至于已经带着尊敬之情来看待这件事儿,把它当作了她丈夫的个性中不可分割的组成部分。他们彼此之间的信任是不容任何置疑的。而且朱利安的这点小怪癖也不能说完全是个秘密,因为他们家庭的一位朋友,刚刚去世的莫莉·莱恩就曾为他拍过几张照片,而且是以相当赞赏的态度拍的。加莫尼太太这时举起一个白色的卡纸文件夹,与此同时安娜贝尔吻了吻她父亲的面颊,而内德,现在可以看出他是戴着枚鼻钉,把身子靠过来,伸出一只手放在父亲的胳膊上。

"哦,上帝,"弗农嘶哑着嗓子喊道,"有人泄密了。"

她把几张照片全都抽出来,举起第一张给大家看。就是摆出走猫步的姿势,弗农用在头版上的那一张。镜头摇晃着迅速朝照片推进,黄线后头有人喊叫、推搡起来。加莫尼太太等着这阵喧嚣平息下来。喧嚣平息以后,她平静地说,她知道有一家具有不可告人的政治图谋的报纸正打算明天刊登这张和另外几张照片,企图以此把她丈夫赶下台。对此她只想说这么一句话:这家报纸是不会得逞的,因为爱比怨毒更有力量。

隔离带被完全冲破了,那帮雇佣文人一拥而上。在有五道栏杆的大门后头,两个孩子已经跟他们的父亲手挽手站在一处,而他们的母亲则坚定地站在那群乌合之众面前,对一直杆到她脸上来的麦克风丝毫不感到慌张。弗农坐不住了。不,加莫尼太太正在说,她很高兴把事情完全澄清,让大家知道这个谣言绝对是无中生有。莫莉·莱恩只是他们家的一位朋友,加莫尼夫妇将一直满怀深情地将她铭记在心。弗农正要走过去把电视关掉,这时记者问这位外科医生,她是否有什么特别的话要对《大法官报》的主编讲。是的,她说,她确实有话要讲,于是她就从电视里看着他,而他则在电视面前整个僵掉了。

"哈利戴先生,你具有讹诈者的阴暗心理,以及跳蚤的道德境界。"

弗农既痛苦不堪又钦佩不已地倒抽了一口凉气,什么称得上掷地有声的警句他一听便知。这个问题是预先的设计,她的台词是早就编好了的。多么完满的艺术效果!

她还打算再说几句,可是,他终于抬起一只手把电视给关了。

五

当天下午大约五点钟左右,众多本来也曾出价竞买莫莉照片的报纸主编们突然想到,弗农的那家报纸的问题就在于,它已经完全跟不上时代变化的步伐了。正如一份大报在周五上午的社论中向其读者指出的那样:"《大法官报》的主编看来压根儿就没注意到,我们生活的这个时代跟上个十年相比已经是大不一样了。那时候,自我发展自我促进是冠冕堂皇的口号,而贪婪和伪善却是臭名昭著的现实。而现在,我们生活在一个更加通情达理、更有同情心和更加宽容的时代,在这样的时代,属于个人私下里的无害的小嗜好,哪怕他们是公众人物,也仍旧只是他们自己的事儿。而只要是跟公众的利益无关的议题,讹诈者和伪善的告密小人的过时伎俩也就失去了兴风作浪的舞台,而且,虽说本报并不想打击那位公众跳蚤的道德敏感性,但也不能不对昨天某位女士所做的论断表示支持,这位女士就是……"云云。

各报纸头版的标题不是"讹诈者"就是"跳蚤",两者出现的比例差不多平分秋色,而且大都采用了一张弗农在一次出版协会的宴会上被拍到的照片:看起来醉醺醺的他,一身皱巴巴的无尾礼服。周五下午,两千名易装癖激进联盟的会员列队在《大法官报》报社大楼前游行示威,穿着高跟鞋,高举着那张丢人现眼的头版,用嘲弄的假声唱着歌。大约就在同时,议会政党抓住时机,以压倒性的多数票通过了对外交大臣的信任案。首相大人也突然间胆气倍增,为他的老朋友仗义执言。周末时舆论就形成了一个广泛的共识,一致认为《大法官报》做得实在是太过分了,是份令人作呕的报纸,一致认为朱利安·加莫尼是个正派的好人,而弗农·哈利戴(即"跳蚤")是个卑鄙小人,恨不得立马砍掉他的脑袋。几份周日报的生活方式版纷纷报道了这位"新型贤内助",她既有自己的事业,而且还为深陷困境的丈夫勇敢战斗。各家报纸的社论仍持之以恒地深挖加莫尼太太的讲话,把注意力集中在极少几个先前受到忽略的方面,包括"爱比怨毒更有力量"等等。而在《大法官报》内部,那些资深职员们则为他们先前的保留态度已经被记录在案而沾沾自喜,有人听到格兰特·

麦克唐纳在食堂里表态说,既然他的逆耳忠言没有被采纳,他也只得尽力对报社忠诚不贰了。这话可是为大多数记者指明了道路,到周一的时候,大家就记得当初他们曾如何表示疑虑,后来又都是怎样尽力为报社尽忠的。

可是,对于周一下午召开紧急会议的《大法官报》诸位董事来说,事情可就远没有这么简单了。事实上,还相当棘手。他们怎么能在上周三还全票支持一位主编,而现在就让他卷铺盖走人呢?

最终,经过两个钟头漫无边际的磋商和反复之后,乔治·莱恩想出了个好主意。

"我觉得,购买这些照片是无可非议的。事实上,我可以负责任地说,我听说他做成了一桩很棒的好买卖。不,哈利戴的错误不在这里,而在于他没有在看到罗丝·加莫尼记者会的同时就把他的头版给印出来。他本来有足够的时间来扭转局面的,可是他直到后面的一版才把照片印出来,而他后来还继续跟进就更是大错特错了。到星期五的时候,本报已经显得可笑之极啦。他应该能够看清风向,及早抽身的。如果诸位问我的意见,我认为这是在编辑方向判断上犯下的一个严重错误。"

六

第二天,主编主持召开了一个由高级职员参加的闷闷不乐的编辑例会。托尼·蒙塔诺也坐在一边,只旁观,不插言。

"我们是该多开几个固定专栏了。便宜啊,而且别的报纸都在这么做。你知道,就是雇个把智商中等偏低的,也许雇个女人,写写那些,嗯,无关痛痒的东西。大家不都见过这样的玩意儿了嘛。去参加某个宴会,连名字都记不全乎呢,就能写上个一千两百字。"

"凝视肚脐沉思默想之类的吧。"杰里米·鲍尔建议道。

"不尽然。沉思默想还是太高深了,更像是跟肚脐聊天。"

"比如不会操作她的录像机啦,我的屁股是不是太大了之类?"莱蒂斯很是帮忙地补充道。

"好主意,继续往下说。"主编大人晃动着身体,在空中挥舞着手指,逗引大家畅所欲言。

"呃,买只天竺鼠吧。"

"男人的宿醉。"

"女人第一根花白了的阴毛。"

"超市里拿到的购物车,轮子总是摇摇晃晃地不好使。"

"棒极了！这个我喜欢。哈维呢？格兰特？还有什么好主意？"

"嗨,总是丢失圆珠笔,它们到底到哪儿去了？"

"喔,有的人总是忍不住用舌头舔牙齿上的小洞。"

"太棒了！"弗兰克道,"非常感谢诸位。咱们明天继续。"

第五部

一

　　一大早，在破晓时分适度的激动退去之后，当伦敦城已经又要喧嚣地开始一天的工作，当他的创造性骚动终于被疲惫不堪窒息之后，克利夫这才从钢琴前站起身来，一步一拖地挪到门口把工作室的灯关掉。当他再度回顾一眼围绕着他的辛勤劳作的那一屋子丰富而又美丽的混乱景象，一个想法又再一次稍纵即逝，那是一种疑心的一小块碎片，他可不愿意跟这个世界上的任何一个人分享，就连在日记里吐露都不成，他只在脑海里勉强浮现出其关键词；那个想法其实很简单，那就是，说他是个……天才也不会太离谱。一个真正的天才。尽管他在内心有些愧疚地向自己清楚地念出这个词语，他却绝不让这个词儿从嘴唇间吐露出来。他绝非虚荣之辈，他是个天才。这个术语虽说已经饱受被滥用之苦，可是它确实代表了一种不容置疑、超越了个人见解的成就，真金不怕火炼。真正的天才可并不多。在他的同胞当中,莎士比亚是个天才,这是自然;还有达尔文和牛顿,他曾听人说过。普赛尔,差不多也算是。布里顿,又稍逊了一筹,不过也还八九不离十。可是在他的祖国,却从来没有出现过贝多芬这样的天才作曲家。

每当他对自己生出这种疑心的时候——自从他从湖区回来,已经发生过三四次了——世界在他眼里就变大,变得寂静无声了,而在三月清晨那灰蓝色的光照中,他的钢琴,他的迷笛电脑,那些茶碟和茶杯以及莫莉的扶手椅,都呈现出一种具有雕塑感的圆满的造型,不禁令他想起他年轻时服用过酶斯卡灵①后周遭事物呈现出来的样态:体积膨胀开来,带着一种怡然自若的神情悬浮起来。他就要离开工作室去睡觉时,仿佛眼见着他的工作室出现在一部描述他本人的纪录片中,而它将向好奇的世人揭示出,一部杰作是如何诞生的。他还看到那故意模糊处理的背对着他的那一边,在门口徘徊的一个身影,穿着邋遢的宽松白衬衫,牛仔裤紧紧地绷在凸起的肚子上,由于疲劳而眼睛充血,两个大黑眼圈:这

---

① 酶斯卡灵(mescalin),一种致幻剂。

就是那位作曲家,虽然胡子拉碴、头发凌乱,却像是个英雄般让人敬爱。确实有这样伟大的时刻,就在他此前从未经历的创造力喷涌勃发的欣喜若狂的时段,他就在这样的时刻当中,在一种几近幻觉的状态中暂停他的工作,站起身,飘飘然地下楼来到卧室,踢掉鞋子,蜷起身子钻进被窝,委身于一种无梦的睡眠,那就是一种病态的麻木,一种虚空,一次死亡。

　　他将近黄昏了才醒,穿上鞋子,下楼去厨房吃女管家给他留的冷盘。他开了瓶红酒,带到楼上的工作室,工作室里还给他准备了满满一瓶咖啡,他就可以开足马力一直干到深夜了。在他身后,那最后的期限就像只野兽在悄悄逼近。也就再过一个星期,他就必须得到阿姆斯特丹,跟朱利奥·鲍和英国交响乐团进行两天的排练,两天以后就是在伯明翰自由贸易厅的首演了。考虑到距离新千年还有好几年的时间,这么大的压力也确实有点匪夷所思。他前三个乐章的誊清本已经被拿走了,管弦乐的部分也已经改编完成。他的秘书已经打了几次电话,说要过来取终乐章的最后几页乐谱,一组抄谱员已经开始工作。事到如今已经没有退路可走了,他只能奋勇向前,希望在下周前完成这部交响曲。抱怨归抱怨,可是在内心深处他却并不为这种压力所动,因为这正是他努力工作所需要的鞭策，只有这样他才能全身心沉浸于非凡的努力，为他的作品谱写出卓越的终曲。古老的石阶已经攀到了顶，那些叽叽喳喳的声音已经如迷雾般散尽，他全新的旋律，最初只在装有弱音器的长号上朦胧而又孤单地灵光一现，如今已经在自身周遭凝聚起带有如此繁复和声的丰富的管弦乐结构，然后是不协和和弦与回旋曲变奏在虚空中飘散，再也不会重现，而在这个过程中它已经在一个合并、巩固的过程中将自己凝聚起来，就像一次爆炸的逆向回放，向内呈漏斗状凝聚为一个寂然无声的几何圆点；然后又是那装有弱音器的长号，再然后，以一个故意压抑的渐强乐段，就像一个巨人屏息敛气一般，那个主旋律最后声势浩大地再度奏响（伴随着一种引人入胜却又无法解释的不同），逐渐加快了节奏，爆发为一个声浪，简直就像是涌起滔天巨浪的声音的海啸，瞬间达到一种不可思议的速率，然后再度暴跳起来，跳得更高，当它高至简直要超越人类的极限时却还能更高一筹，最终呼剌剌似大厦倾倒，令人头晕目眩地崩裂下来，在 C 小调起始主音那坚实而又安全的地面上摔得粉身碎骨。只剩下几个持续的音符，预示着在无限的空间中终得解脱和祥和。再后面就是持续四十五秒钟的渐弱，渐渐溶入四小节的静音。大结局。

差不多已经大功告成了。周三夜里到周四清晨,克利夫修改和完善了那个渐弱的乐段。现在要做的不过是回到前几页乐谱,那个声势浩大的重现乐段,给和声加上些变化,或者甚至是在旋律本身上做些变化,再或者设计某种节奏回环,一种切进音符前缘的切分音。对克利夫而言,这种变奏已然成为作品完满结束的一个关键性的特征,需要由它来暗示未来的不可知。当那个如今已然颇为熟悉的旋律最后一次返回时,使它产生一种细小却又意味深长的变化,它就会在听众身上产生一种不安全感:那是一种警告,警告我们不要太过依附于我们所熟知的一切。

星期四上午,他躺在床上,一面考虑着这些一面沉沉入睡时,弗农打来了电话。这个电话让他倍觉安心。克利夫自从回来后就一直想着要跟弗农联系一下,可是工作使他分身乏术,而且不论是加莫尼、那些照片,还是《大法官报》,对他而言已经像是一部难得想起的老电影里的几个次要情节了。他只知道他不希望跟任何人争吵,尤其不想跟他交情最久的老朋友交恶。当弗农截断谈话,建议第二天晚上过来喝一杯的时候,克利夫觉得,到那时他的大作可能已经大功告成了。

他应该已经为重现的乐段写好了那个重要的变奏,因为那最多也就花上他一整夜的工夫。到那时,那最后几页乐谱也该被取走了,他很可以叫上几个朋友搞个庆祝的派对。这就是他进入梦乡时愉快的思绪。当他觉得不过才睡了两分钟就再度被弗农气势汹汹的质问惊醒时,他一时间真是茫然不知所措了。

"我想请你现在就去警察局,告诉他们你都看到了什么。"

就是这句话惊醒了梦中人。克利夫这才从迷糊一变为清醒。事实上,他此刻回想起来的是那次乘火车前往彭里斯的旅行,还有那些已经忘得差不多了的内省,及其酸楚的况味。每一回言辞往还都等于火上浇油——完全都顾不得颜面二字了。借助于对莫莉的难忘回忆——"意思是你在莫莉的坟头上拉屎"——克利夫纵容自己投身于狂热的义愤洪流当中,痛快淋漓地洗了个澡,而当弗农肆无忌惮地威胁说他自己要去警察局告发他的时候,克利夫气得直喘粗气,一脚把被褥踢开,只穿着袜子站在床头桌边,想结束相互间的谩骂。可是正当他要挂断弗农的电话时,弗农倒是先挂了他的电话。克利夫鞋带都懒得系,在狂怒中跑下楼梯,边走边骂。

时间还不到五点钟,可是他该当喝一杯了,要是谁想阻止他,他能一拳把他给揍趴下。可是,他当然是独自一人了。谢天谢地,他弄了杯金酒加汤力水,不过大部分都是金酒,就站在洗碗池的沥水板旁边一气儿灌了下去,没加冰也没加柠檬,一面酸苦地想着他受到的侮辱。奇耻大辱!他已经在构想着该如何措辞,给这个他错当作朋友的人渣写一封信了。这个王八蛋,整天价儿就知道蝇营狗苟,他那个就知道讽刺挖苦和设计陷害的肮脏脑子,他那副以退为进、花言巧语只知道敲诈钻营的伪善嘴脸。这个虫豸①哈利戴,他压根儿就不知道何为创造,就因为他这辈子从来就没创造出任何美好的东西,所以他才对那些能够创造的人恨之入骨,他整个儿被这种仇恨给吞没了。他那种迟钝的乡气十足的谨小慎微竟然也可以称之为道义立场,可与此同时他又整个儿都掉进了毛厕坑,事实上他还就真的把帐篷搭在了粪便上。为了加倍获得他那肮脏的利益,他不惜贬损对莫莉的回忆,毁掉加莫尼这种易受诱惑的傻瓜,号召起那起黄色小报惯用的仇恨措辞和无耻伎俩,还自始至终都在自夸,并且告诉每个愿意听

---

① "虫豸"(vermin)跟"弗农"(Vernon)字形相似。

的人——这是最让人莫名惊诧的——说他是在履行他的责任,说他是在为某种崇高的理想服务。他疯了,他病了,他根本就不配活在这个世上!

克利夫一边在厨房里痛骂,一边又灌下了第二杯,然后是第三杯。长期的经验使他很明白,你在狂怒中送出去的信只不过是授人以柄,白白给你的敌人送去武器。那是一种腌制起来的毒药,可以长久地用来对付你自己,直到将来。可是正因为如果等上一个星期,他的感受可能就不会如此之强烈了,克利夫才特别想现在就写下点什么。他折中了一下,写了张简单的明信片,并且打算先放上一天再寄出去。你的威胁令我惊骇万分。还有你的新闻学。你活该被炒鱿鱼。克利夫。他开了一瓶沙布利①,没有理会冰箱里的奶油煎鲑鱼,径直上了顶楼,斗志昂扬地决定开始工作。会有那么一天到来的,虫豸哈利戴将会烟消云散,一无所剩,而他克利夫·林雷却能留下他的音乐。到那时,只有工作,从容的、坚定的、成就卓著的工作,才会成为一种真正的复仇。可是敌对情绪丝毫不能帮你集中精力,那三杯金酒外带一瓶葡萄酒

---

① 沙布利(Chablis)横跨于勃艮第和香槟之间,是世界最著名的葡萄酒产区。

也同样于事无补,三个钟头之后,他仍旧盯着钢琴上的谱子,一副弓腰曲背的工作态度,手里握着支铅笔,眉头紧皱,可是眼中所见和耳中所闻却只是他头脑中盘旋不已的那些念头,就像手摇风琴伴奏下欢快的旋转木马转个不停,同样那几匹强健的小马,在镶有饰边的棒子上上下跃动着前进。又来了——奇耻大辱!警察局!可怜的莫莉!假装正经的杂种!那也可以叫做道义立场?屎埋了他的脖子!真是奇耻大辱!还有,莫莉又将被置于何处?

九点半的时候他站起身来,决定冷静下来,振作起来,喝点红酒继续他的工作。他有他那美丽的主题,他的歌,就在纸页上铺展开来,渴望得到他的关注,需要他灵感降临,做进一步的修改,而他就在这儿,精力集中,生机勃勃,准备着着手工作。可是在楼下,他绕着重新发现的晚餐,却又在厨房里游荡起来,听着收音机里对游牧的摩洛哥图阿雷格人①的介绍,然后他端着他的第三杯班德尔②,在整幢房子里漫游起来,就像个研究他自己之存在的人类学家。他已经有一个

---

① 图阿雷格人(Tuareg)是北非撒哈拉沙漠地区新风伊斯兰教的游牧部族。
② 班德尔(Bandol)亦为法国著名的葡萄酒产区,位于普罗旺斯,葡萄种植于陡峭的台地上,其葡萄酒以浓郁高雅著称。

多星期没有踏进起居室了,现在他在这个房间里信步走着,检视着墙上挂的画作和照片,仿佛是第一次看见,伸出手来抚摸着家具,从壁炉架上拿起几样摆设来细瞧。他的整个人生都在这里,一部多么丰富多彩的历史啊!这里的一切,哪怕是最便宜的小玩意儿的钱,也都是他克利夫靠着把声音梦想出来、把音符一个个排列起来挣到的。这里的一切都是构想出来,一件件选购而来,全凭他一己之力,没有任何人的帮忙。他为他的成功而干杯,一口干掉,回到厨房再满上,然后又在餐厅里转悠了一圈。十一点半的时候,他回到乐谱前,可谱子上的音符却摇摆不定,甚至对他都摇摆不定,他不得不承认他是酩酊大醉了,可是在遭受了这样的背叛之后又有谁能不醉呢?一个书架上还搁着半瓶苏格兰威士忌,他带着它坐到了莫莉的椅子里,唱机里已经放了张拉威尔的唱片。他关于那天晚上最后的记忆就是拿起遥控器,指向唱机。

他在凌晨时分醒来,发现耳机还斜跨在脸上,渴得要命,因为他梦见自己手脚并用地爬过一个沙漠,扛着图阿雷格人唯一的一架三角钢琴。他从浴室的水龙头上喝了点水,上了床,在黑暗中大睁着两眼躺了好几个小时,精疲力竭,才思枯竭却又极度警觉,再度身不由己、彻底无助地关注着他那永不止息的旋转木马。屎埋了脖子？道义立场！莫莉？

当他在上午九十点钟从短暂的睡眠中醒来时，他知道，这一轮的才思喷涌，那创造力的狂欢，已经彻底过去了。并不只是他觉得疲惫不堪和宿醉难受这么简单。一等他坐到钢琴面前，试弹了两三种变调的处理方式后，他就发现不仅是这个段落，就连整个乐章也已经死在了他面前——突然间就成了他嘴里的灰烬。他就没敢再多想这部交响曲本身。他的秘书打来电话，想跟他确定什么时候过来拿最后几页乐稿，他先是对她很粗暴，后来又不得不打回电话去道歉。他出去散了散步，想借此清醒一下大脑，顺便把写给弗农的明信片付邮，因为上面的文字今天读来不啻是克制的杰作。他顺道买了份《大法官报》。为了使他的精力集中不受干扰，他一直都不看报纸，不看电视也不听广播的，所以他对一直以来舆论的导向都一无所知。

等他回到家里，把报纸在厨房的桌子上展开时，他真是大吃了一惊——加莫尼竟然在莫莉面前搔首弄姿，为了她而扭捏作态，而照相机就举在她温暖的手里，她当时还是活生生的目光曾一度标识出克利夫如今看到的这幅画面。可是，这张头版仍旧很是不堪，并非因为，或者并非仅仅是因为，一个男人在他脆弱的隐私时刻被揪出来示众,而是因为这份报纸为了这么点事儿就如此兴奋不已、小题大做,竟然动用了如此强有力的资源对其进行大肆传播。就仿佛是揭露了某种罪恶的政治阴谋,或是在外交部的桌子底下发现了一具死尸。竟会如此不谙世故,如此偏颇不公,如此大惊小怪。而且如此不择手段地一心想赶尽杀绝,也实在是显得幼稚可笑。比如那幅言过其实、一味侮蔑的漫画,还有那篇幸灾乐祸的社论,在"drag"一词上玩弄点幼稚的语义双关①,为了哗众取宠,大谈什么"卷起来的女士灯笼裤"②,还有什么"盛装"、"陋装"两个词的拙劣对置③。那个念头不禁又在克利夫脑海中浮现出来:这个弗农非但是可恶,他肯定是疯了。可这也并不能减轻克利夫对他的憎恶。

---

① "drag"有一意指男扮女装或女扮男装的服饰,又有一俚语用法,意思是极端无聊或令人厌烦的人或事。
② 原文为"knickers in a twist",这也是玩双关语的把戏:在英式俚语中,"get one's knichers in a twist"意思是着慌、恼火,而且,"twist"一词也有怪癖、变态的意思。
③ 这两个词分别是"dressing up"和"dressing down",也是在玩文字游戏:"dress up"当然是盛装的意思,不过也还有特意穿别人的衣服装扮起来玩的意思,无非又是影射加莫尼的易装癖;而"dress down"在当穿什么衣服这个意思讲时,是指为了某种特定场合所需而特意比平时穿得随便,故译为"陋装",而除此意之外,这个词组还有整饰皮革、梳刷马匹的意思,而且口语用法中更有狠狠地训斥、痛打之意。

宿醉持续了整个周末,又一直牵连到星期一——如今想借酒精兴奋一下神经已经是殊非易事了——极度的头疼恶心为苦涩的沉思提供了合适的背景。工作是停滞不前了,曾经的甘美之果如今变成了干枯的苇条。抄谱员们急切地想收到他那最后十二页乐谱,乐团的经理已经打来三次电话,为了强压下恐慌连声音都哆嗦起来了。阿姆斯特丹音乐厅已经花巨资预定了下星期五开始的两天排练时间,克利夫额外要求的打击乐手也已经付了订金聘定了,同时聘定的还有手风琴师。朱利奥·鲍想看到作品的结尾,已经很不耐烦了。伯明翰的首演安排也已然一切就绪。要是到星期四在阿姆斯特丹还交不出完整的乐谱,他——乐团经理——就别无选择,只能把自己溺死在最近的运河里了。看到有人比自己还要痛苦,自然颇有点安慰作用,可是克利夫仍旧拒不交稿。为了他那意义重大的变奏他绝不肯轻易妥协,说起来了,他开始认为这部作品的完整性就全指望这个变奏了。

这当然是个毁灭性的概念。现在,他一走进工作室,工作室里的肮脏就压得他喘不过气来,而等他在手稿前坐定——那手稿在他眼里已经成了一位更加年轻、更有自信和天赋的作曲家的笔迹——他就把他事实上无法再继续工作的罪过都归咎到弗农身上，他的怒火于是再度加倍燃烧起来，他的专注度也就彻底粉碎，被一个白痴给粉碎了。事情已经变得越来越清楚了：他已经跟他的杰作，他一生事业的巅峰失之交臂。这部交响曲将会教他的听众如何去倾听、去听见他已经写出的所有其他作品。而现在，他身为天才的证明，他身为天才的亲笔签名已经被糟蹋，他的伟大也已经被生生抢走了。因为克利夫知道得很清楚，他再也不会试图完成如此规模的作品了；他太疲惫了，已经被掏空了，他已经太老了。星期天的时候，他懒洋洋地待在起居室里，麻木地看着星期五的《大法官报》上的其他报道。这个世界仍旧一如既往地糟糕：鱼儿在改变性别；英国的乒乓球已经前途无望；而在荷兰，某些有医学学位的声名狼藉的家伙，正在提供一种合法的服务，干掉已经给你带来不便的上了年纪的父母——多么有趣，需要的不过是你年迈父母一式两份的签名和几千块美金！下午，他绕着海德公园散了很长时间的步，仔细地考虑着这篇文章讲到的事实。不错，他确实已经跟弗农达成了一项协议，既然是协议就必然要承担某种义务，也许稍稍研究一下也是理所应当的。可是星期一又在假装工作的状态下给浪费了，他自欺欺人地做了些拙劣的修改工作,到了晚上他又彻底放弃了,他还有这个自知之明。他头脑里的每一种想法都呆滞无比。真应该禁止他再去靠近那部交响曲,他已经根本配不上他自己的创作了。

星期二早上,他被乐团经理的电话吵醒,这位经理在电话里实际上是冲着他大喊大叫了。星期五就排练了,可他们现在连完整的谱子都还没有。同一天上午晚些时候,克利夫从一位朋友的电话里听到了一个异乎寻常的消息——弗农已经被迫辞职!克利夫忙不迭地跑出去买了张报纸。自打上周五的《大法官报》以后他就再没看到或者听到任何消息,否则的话,他早该意识到舆论已经转而反对《大法官报》的主编了。他端了杯咖啡来到餐厅,在那儿看报。自己对弗农行为的看法得到了证实,这让他感到一种阴沉沉的满足。对于弗农他可算是仁至义尽了,他试图警告过他,但是弗农一意孤行,根本就不听。读完三条对弗农的严厉控诉之后,克利夫走到窗边,凝视着花园尽头苹果树旁那一簇簇水仙花。他不得不承认,他感觉好些了。时令已经是早春,不久钟表就要拨快一小时,实行夏令时了。四月,等交响曲的首演结束之后,我要去纽约拜访苏茜·马塞兰。然后他要去加利福尼亚,那里的帕洛阿尔托音乐节要演奏他的一部作品。他意识到他的手指正在暖气片上敲击出某种新节奏的拍子,他想象到一种情绪、一种主音的转变,有一个音符在变化的和声和定音鼓狂野的律动中一直保持不变。他转过身匆匆走出房间。他有了一个乐思,或者一个乐思的四分之一,在它溜走之前,我一定要赶到钢琴前。

来到工作室后,他把书籍和旧的乐谱一把推到地板上去,给自己腾出一块空地来,拿起一张乐谱纸和一支削尖了的铅笔,刚完成一个高音谱号,楼下的门铃就响了起来。他的手僵住了,他就这么等着。门铃再度响起。他可不想下去开门,至少是现在,在他就要解决那个变奏的节骨眼上。肯定是某个假装成前煤矿工人的家伙,想兜售熨衣板套子的。门铃又响了一次,然后就没声儿了。人已经走了。一时间,那个微妙的乐思也丢失了。然后他又找到了它,或者是它的一部分,他正要画出一个和弦的符干时,电话又响了。他真该把电话给切断的!他在盛怒中一把抓起听筒。

"林雷先生吗?"

"是。"

"警察,刑事调查科的,现在就站在你门外。想问你一句话,不胜感谢。"

"哦,听我说,你们能半小时以后再来吗?"

"怕是不行。有几个问题要问你,可能不得不请你去曼彻斯特参与几次指认工作,帮我们确定一个嫌疑犯,最多也就占用你一两天的时间。所以,如果你不介意把门打开的话,林雷先生……"

二

曼迪匆匆赶着去上班的时候,没来得及把衣橱的门关严,橱门的角度刚好让上面的镜子照出弗农狭窄、垂直的一小部分:倚在几个枕头上,把曼迪端给他的那杯茶搁在肚子上,在卧室昏暗的光线下,他那张没有刮的脸呈现出一种蓝白色,信件、垃圾邮件和报纸摊在他身旁——真是失业的一幅传神的画面。空闲。他突然间明白了商业版上这个词儿的真正含义。这个星期二早上,他有很多个空闲的钟头可以用来反复咀嚼昨天他被解雇的前前后后,所累积起来的所有那些侮辱和讽刺。比如说,那封信是由一个无辜的下属送到他办公室里来的,真够新鲜的,就是那个哭哭啼啼、患有诵读困难症的下属,而正是他保住了这个可怜虫的饭碗。其次就是那封信本身,客客气气地恳请他辞职,这样他就可以获得一年薪水的回报。这是对于他的聘任合同的温和暗示,他猜想,董事们是想提醒他,而又不必把丑话摆到桌面上：如果他拒不辞职,而是迫使他们解雇他的话,就压根儿不会有经济补偿这档子事儿了。信的末尾客气地指出,不管怎么说,他的任期在当天就要结束了,董事会希望能因他在任期内的卓越业绩向他表示祝贺,并预祝他在未来的事业中大展宏图。所以就这么回事儿了,他立马就得收拾东西走人,他可以选择是拿还是不拿那笔刚到六位数的补偿金。

在他的辞职信里,弗农特意提到报纸的发行量上升了十万份之巨。就在他写出那个数字,那一连串零的时候,他感到痛苦万分。他走到外间的办公室,把信封交给琼时,她似乎怎么着都无法正视他的眼睛。他回去收拾办公桌上的东西,整幢大楼都静得出奇。他的职务本能告诉他,每个人都知道这件事儿了。他让办公室的门开着,万一有谁念及同事一场,遵循友谊的常规进来看看他呢。他要收拾的东西往公文包里一塞就行了——一张镶框的曼迪和孩子们的照片,几封达娜写来的色情信,就写在众议院的信笺上。可是看来没有一个人冲进来向他表达义愤的同情,没有大群吵吵嚷嚷只穿着衬衫的同事像往常那样把他簇拥出去。那也好,反正他就要走了。他通过对讲机请琼告诉司机一声他就要下去了,她回他说他已经没有专任司机了。

他穿上外套,拿起公文包,走到外间的办公室。琼已经找了个由头办什么紧急要事去了,他在走到电梯的路上一个人都没碰到,连个鬼影子都不见。唯一向主编大人道声珍重的是在楼下接待台当班的门房,也是他告诉了弗农他的继任者是谁——先生,是迪本先生。弗农最低限度地点了下头,假装他早就知道了。当他步出《大法官报》报社大楼的时候,正在下雨。他抬手想叫辆出租,然后又记起身上几乎没有现金了。他改乘地铁,在瓢泼大雨中步行了最后半英里路才终于到家。一进家门他直奔威士忌,曼迪回家一心想安慰安慰他的时候,他跟她大发了一阵雷霆之怒。

弗农端着茶杯颓然倒下,他精神的计程器仍在忙着计数他蒙受的打击和羞辱。弗兰克·迪本对他背信弃义,他所有的同事都遗弃了他,每一家报纸都在为他的被逐欢呼雀跃;整个国家都在欢庆他这只被碾死的跳蚤,而加莫尼却依然毫发无损、逍遥自在。所有这些还不够,还要加上在他身边的床上躺着的那张恶毒的小卡片,对他的垮台幸灾乐祸,而这张卡片就出自他相交最久的老朋友之手,出自一个道德境界如此崇高、眼看着一个女人在他面前被强暴都不肯让他的工作受到打扰的杰出人物之手。真是可恨至极,十足的疯子。他是满怀怨毒。这么说来就等于是开战了。好得很,咱们这就动手吧,千万别犹豫了。他喝干杯子里的茶,拿起电话拨了一位在新苏格兰场①工作的朋友的号码,他当年在犯罪报道部工作时结交的熟人。十五分钟以后,他已经透露了所有的细节,这事儿就算是搞定了,可是弗农仍旧不能释怀,心有不甘。闹了半天,克利夫并没有触犯法律。在要求他必须履行他的公民职责时,最多也就给他增添些许不便,不过如此——可是,绝对不能不过如此,一定得让他吃不了兜着走,一报还一报。弗农躺在床上,就这个主题又琢磨了一个钟头,最后终于穿好了衣服,不过并没有刮脸,在房间里晃荡了一个上午,有电话打来也不接。为了聊以自慰,他又拿出星期五的报纸。事实上,那确实是个才华横溢的头版。每个人都错了。除了头版,报纸其余的部分也铿锵有力,而莱蒂斯·奥哈拉对于荷兰医疗丑闻的报道实在是为他增光添彩。总有那么一天,尤其是如果加莫尼果真爬上了首相宝座,等到整个国家都被他彻底毁掉的时候,大家终将会为把他弗

---

① 新苏格兰场(New Scotland Yard)即伦敦警察厅。

农·哈利戴给赶下台去而悔恨不已。

可惜这点安慰为时太过短促,因为那是未来的事儿,而眼下的事儿还在现在,是他被炒了鱿鱼的现在。他在本该在办公室工作的时候却待在家里无所事事。他就只擅长干这个,可是现在谁都不会雇他的。他如今是丢人现眼,声名扫地了;要想接受再培训干别的行业,他又实在太老了些。这点安慰之所以如此短促还因为他的思绪不断地回到那张可恶的明信片上,那就是把扎进去还要转三转的刀子,那就等于在你锯齿状的伤口上再撒把盐,而且随着这一天的逝去,那张明信片渐渐成为了过去二十四个小时里他蒙受的所有大大小小的耻辱的总代表。克利夫写给他的这短短一行字代表了并浓缩了这一事件当中所有的怨毒——指控他的那帮家伙的盲目无知,他们的矫情伪善,他们的落井下石,还有超越了所有这些恶行、弗农认为是人类万恶之源的——个人的背叛。

在英语这种注重惯用法的语言中,因误读而引起误解的情况是在所难免的。只要把重音往后移动一下,一个动词就能变成一个名词,成为执行某件事的过程。"refuse"当动词用,意思是对你认为错误的事情坚持说不,而重音往前一挪,就成了一堆臭不可闻的垃圾。词汇是这样,句子又何尝不是如此。克利夫在星期四写下来、在星期五寄给他的这句话,本来也就是想表达:你活该被炒鱿鱼。而弗农在星期二,在他当真被解雇之后,这句话却肯定要被理解为:你活该被炒鱿鱼。这张卡片若是星期一就寄到的话,他的解读方式可能就大为不同了。这也正是他们命运的喜剧性之所在:如果贴的是张隔日送达的快寄邮票,他们俩也就都各得其所、相安无事了。可话又说回来了,在他们俩之间兴许也不会有什么别的结果了,而这又是他们俩的悲剧性之所在。若果真如此,随着这一天的过去,弗农所感到的悲苦辛酸就注定要变本加厉,他就会不择手段地一心只想报复,也就必然会想起前不久他们俩达成的那个协议,以及这个协议加在他肩上的重大责任。因为显而易见,克利夫已经丧失了理智,必须得采取措施才行了。这个决定又得到了弗农感觉上的支持和鼓励:就在全世界都在恶意地陷害于他,就在他的生活已经一败涂地的时候,给了他最致命一击的竟然是他的老朋友,这是绝对不能饶恕的——是丧心病狂。那些反复琢磨自己受到了何等不公平待遇的人,有时是会将渴望报复的体验跟一种责任感搅和到一起的,这对他可是大有用处。几个小时过去了,弗农又几次拿起那份《大法官报》,反复阅读揭露荷兰医疗丑闻的那篇特写。当天晚些时候,他又亲自打了几个电话进行核实。又有几个空闲的钟头过去了,他在厨房里呆坐着,一边喝咖啡,一边沉思着自己毁于一旦的前程,琢磨着是否该给克利夫打个电话假意跟他讲和,为的是让他把他自己也邀请到阿姆斯特丹去。

三

　　一切是不是都就绪了？他是不是什么都没忘？这确实是合法的吗？克利夫被禁锢在一架波音757客机中，脑子里在琢磨这些个问题，飞机则停在冷雾弥漫的曼彻斯特机场北端。天气据说要放晴，机长希望保住他在等待起飞的飞机队伍的位置，所以乘客们就得百无聊赖地寂然坐在飞机里等着，只能从饮料推车上找点乐子。时值正午时分，克利夫已经点了咖啡、白兰地和一块巧克力。他坐了个靠窗的位置，而他那一整排座位都空着。透过雾气的缝隙，他看到别的班机也唯恐落后，排成几条里出外进、逐渐汇集到一起的队伍，那些飞机的形态中自有某种冥思苦想和蠢笨乡气的意思：小小的脑袋底下是眯缝起来的小眼睛，发育不良的累赘胳膊，屁眼都翘得老高，还黑乎乎的——像这样的生物是永远都不会在乎彼此的。

答案是肯定的,他的研究和计划编制一直都做得小心谨慎、滴水不漏。事情就要发生了,他感到一阵兴奋的战栗。他抬手朝那位面带微笑、戴一顶趾高气扬的蓝色帽子的空姐招了招,那姑娘对他再要一小瓶白兰地的决定似乎真心感到高兴,并像是感到特别荣幸似的给他拿了来。总而言之,考虑到他已经经历的一切,还有等在他面前的种种严酷的考验,再加上眼下所有的事件的进程肯定就要加速到令人晕眩的程度,他总体的感觉还不坏。他将错过排练的头几个钟头,不过一个管弦乐队在刚开始摸索一部新作品的时候总会是一塌糊涂的。第一天整天都不露面没准儿都是明智之选。他的银行一再向他保证,他在公文包里随身带上一万美元是符合法律规定的,在斯希普霍尔机场①也绝对无须做出什么解释。至于曼彻斯特警察局,他已经游刃有余地对付过去了,他想,而且得到了他们满怀尊敬的有礼相待,对于那种让人精神为之一振的气氛和那些合作如此愉快、时刻处在强大压力下的警察们,他几乎都感到了一丝恋恋不舍的怀念。

---

① 斯希普霍尔机场(Schiphol airport)是荷兰阿姆斯特丹的国际机场。

克利夫是满怀最低落的情绪从火车站抵达警察局的,从尤斯顿到曼彻斯特的每一英里路程,他都在不住地咒骂弗农。谁知总督察亲自跑到外面的前台来迎接伟大的作曲家。对于克利夫居然专程从伦敦赶来帮他办案,他看似感激不尽似的。事实上,看似压根儿就没有一个人对他没能早点儿前来报案感到恼火。不同职务的警察们都说,他能来帮助他们处理这桩不同寻常的罪案,他们实在是太高兴了。录口供的时候,当他陈述了前后的经过以后,那两个警探清楚地意识到,并一再向他保证,他们知道在最后的期限逼近之际,要按照要求完成一部交响曲是何等困难的事,当他蜷缩在岩石后头的时候,他的处境又是何等的进退两难。他们看似都很热心地想去理解跟创作那个关键性旋律有关的所有那些困难。他能给他们哼唱一下吗?他当然可以啦。他们当中时不时地就会有人说,现在请跟我们说说您看到的那个人的情况吧。他后来发现,原来总督察正在开放大学①读一个英语学

---

① 英国的开放大学(Open University)是英国在成人高等教育方面进行的一项革命性实验,于1971年1月创办,总部设在白金汉郡密尔顿·凯恩斯新城。开放大学招生不受学历限制,其目的在于使所有人都有受教育的机会。课程由著名的学院统一组织,教学使用多种手段进行,包括电视、函授、学习小组、住校授课和分设在英国各地的教育中心举办的专题讨论会等等。不过总的说来,教育方法以函授为主,电视讲座和专题讨论会等为辅助。

位,还尤其对布莱克①怀有特殊的兴趣。在食堂里,总督察大人一边吃着培根三明治,一边卖力地证明他能把布莱克的《毒树》全篇背诵,而克利夫也就趁机告诉他,早在一九七八年,他就为这同一首诗谱了曲,第二年由彼得·皮尔斯②在奥尔德堡音乐节上演唱,此后再也没有上演过。食堂里还有一个六个月大的婴儿,躺在并在一起的两把椅子上熟睡。年轻的母亲正被关在一楼一个单人牢房里,度过她醉酒的恢复期。在整个的头一天里,克利夫时不时地就会听到她痛苦的尖叫和哀鸣,通过墙皮剥落的楼梯井飘荡上来。

他被允许直接来到警察局的核心地带,被带到警察局的人就是在那里受到指控的。天刚一擦黑,他正等着再过一遍他的陈述时,亲眼目睹了发生在值班警官面前的一场混战:一个剃着光头、浑身是汗的大块头少年躲在人家一个后院儿的时候被捕了,外套底下藏着螺栓刀具、万能钥匙、板锯,还有一把大锤。可是,他坚称他并不是想入室抢劫,因此休想

---

① 指威廉·布莱克(William Blake,1757—1827),英国著名诗人和画家,主要作品有《天真之歌》、《天堂与地狱的婚姻》等,不论是诗作还是画作都极具神秘及想象色彩。
② 皮尔斯(Sir Peter Neville Luard Pears,1910—1986),英国著名男高音,因其高而尖的嗓音和灵活的发声,并充当作曲家本杰明·布里顿声乐作品的首席诠释者而著称,1977年获封爵士。

把他给关进牢里去。当警官对他说他就是时,那孩子一拳就打在一个警察脸上,另两个警察立马把他扭倒在地,给他戴上手铐带走了。看来谁都没觉得有什么好大惊小怪的,就连那个嘴唇被打得开裂的警察也没觉得有什么大不了,可是克利夫却把一只手拼命按在怦怦乱跳的心脏上面,不得不坐了下来。后来有个巡警带了个面色苍白、一言不发的四岁男孩子进来,他是在一个废弃的酒馆停车场里游荡时被发现的。再后来,一个满面泪水的爱尔兰家庭跑来认领他。两个嘴里嚼着头发的女孩子跑来寻求保护,她们俩是双胞胎,摊上了个有暴力倾向的老爹,结果受到了警局亲昵又打趣的对待。一个满脸是血的女人大声控诉她的老公。一个年纪很老的黑种女人,骨质疏松症害得她身子弓得像个虾米,被女婿从家里赶了出来,无处可去了。一帮社会福利工作者不断地进进出出,绝大多数看上去都跟他们的救助对象一样具有犯罪倾向,或者说一样不幸。所有的人全都抽烟,在荧光灯底下全都看着病恹恹的。塑料杯子里有大量滚烫的茶水,还有大量的大喊大叫,老一套、毫无特色的咒骂,以及谁都不会当真的捏紧拳头的威胁。这是个巨大的不幸的家庭,充满了根本就没法解决的内部问题,而这儿就是这个大家庭的起居室。

克利夫不禁退缩到他那砖红色的茶水后头。在他的世界里，极少有人抬高了嗓门说话，他发现整个晚上他都处于一种令他精疲力竭的亢奋状态中。实际上每个跑到警察局里来的公众，不管是自愿的还是被迫的，全都衣衫不整、邋里邋遢，而且在克利夫看来，警方要处理的主要问题也就是贫穷所带来的不计其数又不可预测的后果，而他们处理起来比他所能做到的要更加耐心，也更少顾虑。

简直无法想象，他在一九六七年那为期三个月的无政府主义狂热状态中居然骂他们是猪，而且坚持认为他们就是犯罪的根源，总有一天会再也不需要他们的存在。他待在警察局里的整个儿期间，他们都待他彬彬有礼，甚至恭恭敬敬。他们看似很喜欢他，就是这些警察；克利夫不禁自作多情起来，琢磨着他自己是否拥有某种他自己都还不甚了然的素质——一种稳重的举止、安安静静的魅力，也许就是一种不怒自威的权威吧。等到第二天一大早要他从一大帮人群里辨认出嫌犯的时候，他也就急切地想好好表现，不让任何人失望。他被领到一个院子里，巡逻车就停在院子前头，发现靠墙站着有十二个人。他一眼就认出了那个人，右数第三个，一张瘦长脸、戴一顶很能说明问题的布帽子。他长出了一口气。等他们回到屋子里以后,有位警探抓住克利夫的胳膊,紧紧地捏了一下,不过什么话都没说。在他周围洋溢着一种故意有所压制的欢乐气氛,看似大家都更喜欢他了。现如今他们是作为一个团队一起工作了,克利夫也就接受了他身为关键性检举证人的角色。事后,又进行了第二轮嫌犯的指认,这次有半数的人都戴着布帽子,都是瘦长脸。可是克利夫丝毫没有受到愚弄,还是一眼就认出了最边上没戴帽子的就是嫌犯。回到屋里以后,警探们都告诉他,这第二轮排队辨认其实并没有第一次那么重要。事实上,出于便于管理方面的原因,这次指认甚至可以完全不作数。不管怎么说,他们很高兴他对这一案件的积极参与。他的所作所为完全可以称得上是位荣誉警察了。他们有辆巡逻车要开往机场方向。他是否愿意搭个便车呢?

巡逻车一直把他送到候机大厅。当他从后座上出来跟警察道别的时候,他这才注意到驾驶座上的那位警察正是他第二轮指认时一口咬定的嫌犯。不过,不论是克利夫还是那位警察,在握手道别都没觉得有必要挑明此事。

四

航班到达斯希普霍尔机场时晚点了两个钟头。克利夫乘火车来到中央车站,然后在午后柔和的灰色日光中步行前往他下榻的酒店。当他穿越大桥的时候,他再一次感到,阿姆斯特丹真是一座多么宁静而又文明的城市。他朝西兜了个大圈子,为的是能沿着风景如画的布劳威尔运河①溜达溜达。毕竟,他手里的公文包根本没有什么分量。街道的中央就有水体流过,多么赏心悦目。一个多么包容、开放和成熟的地方啊:由砖块和雕镂精美的木材建造的仓库被改造成了趣味高雅的住宅,一座座以凡·高命名的小桥朴实无华,街上的设施低调素雅,外表聪明而又随和的荷兰人骑着自行车,后座上驮着他们头脑清明的孩子。就连小店的店主看着都像是大学教授,扫大街的清洁工都像是爵士乐手。再也没有哪个城市更加富有理性、更加井井有条了。他一边走,一边想起了弗农,还有他的交响曲。那部作品当真是给毁了吗,还是只不过白璧微瑕?或许那点瑕疵还不至于成为污点,而且只有他真正心知肚明。那个最伟大的时刻就这样灾难性地欺哄过去吗?他很怕那决定性的首演。现在,他可以这样告诉自己了,以他所有备受折磨的诚恳态度,在他代表弗农做出种种安排之际,他,克利夫,不过是在遵守他的承诺。弗农主动要求和解,而且因此愿意到阿姆斯特丹来,就绝对不止是巧合,或者只是方便他下手而已。这证明,在他那漆黑一片、失去平衡的内心深处,他已然接受了属于他的命运。他是在主动把自己交到克利夫手上。

他一路上这么琢磨着,已经来到了下榻的酒店,他从酒店方面得知,今晚的招待会将在七点半钟举行。他从酒店的房间里给他的联络人,也就是那位好医生打了个电话,讨论了一下各项事务的安排,并最后一次讨论了一下病情的症状:不可预测、异乎寻常、极端反社会的举动,完全地丧失了理性。破坏性的倾向,唯我独尊的幻想。绝对分裂的人格。因此讨论到术前用药的必要。药应该怎么服用?医生建议

---

① 布劳威尔运河(Brouwersgracht,也有意译为"酿酒人运河")是阿姆斯特丹的一条风景如画的著名运河,沿河的街道是著名商业街。

掺在一杯香槟酒里,这可是正好敲对了那个喜庆的音符,正合克利夫之意。

在此之前还有两个钟头的排练时间,于是克里夫先将放在信封里的钱寄存在前台,请门童到酒店外头给他招了辆出租车,不出几分钟,便来到了阿姆斯特丹音乐厅一侧的演职人员入口处。当他走过门卫,推开通向楼梯的旋转门时,乐队的演奏声传到了他耳边——是最后一个乐章,一定是的。他一边上楼,一边已经在订正这个乐段了;在这里我们听到的应该是法国号,而不该是单簧管,而且定音鼓的鼓点太弱了些。这是我的音乐。那就像是捕猎的号角在召唤他,召唤他回复原形。他又怎能忘记?他不禁加快了步伐。他能听到他写下的乐曲,他正走向对他的自我的一次重现。所有那些孤身一人的夜晚。那可憎的新闻界。艾伦危崖。为什么他整个下午都一直在浪费时间,为什么他一直在拖延着不想面对这个时刻?他费了好大的劲儿才抑制住自己沿着弧形的走廊狂奔进观众席的冲动。他推开一扇门,停下来喘了口气。

不出所料,他来到的正是位于乐队上面和后面的正厅前座,事实上是在打击乐手后面。乐师们看不到他,他却正好可以看到指挥,朱利奥·鲍的眼睛却是闭着的。他正踮着脚,向前探着身子,左臂朝乐队伸出,手指张开,抖动着,轻柔地将装有弱音器的长号的演奏声慢慢抬高,那长号正在甜蜜、睿智、蓄谋已久地第一次完整地释放出那个旋律,那个世纪末的《今夜无人入眠》,那个他昨天向警探们哼唱的旋律,那个他为此不惜牺牲一位无辜女性的旋律。而他做得没错。当乐音渐强,整个弦乐部分都将琴弓就位,开始呼吸出那错综繁复的滑动和声的第一组此起彼伏的轻声细语时,克里夫悄悄地溜到一个座位上,感觉自己一下子陷入一种狂喜的沉醉之中。现在,音乐的质地正倍加复杂化,因为有更多的乐器被吸引进长号的共谋当中,而不谐和和弦则像传染病般蔓延开来,那些细小刺耳的碎片——那些无路可去的变奏——则像火花般被抛掷起来,又时而经过强烈的碰撞,产生出狂飙突进的音墙的最初征兆,那就是海啸,现在已经开始凝聚、上升,马上就要把前进道路上的一切障碍统统扫清,最后在主音的岩床上把自己也撞得粉身碎骨。但在这一切发生之前,指挥用指挥棒轻敲了几下乐谱架,乐队于是不情愿地参差不齐地平静下来。鲍耐心地等到最后一个乐器也寂然无声之后,朝克利夫的方向举起双手,大声喊道:

"欢迎我们的大师!"

克利夫站起身来,英国交响乐团的每个成员都转向他。当他下来登上舞台的时候,乐师们纷纷用弓弦轻敲乐谱架表示欢迎。一个小号手吹出 D 大调协奏曲中一个诙谐的四音符乐句,是克里夫而不是海顿的协奏曲。啊,身处欧洲大陆,而且身为音乐大师! 那是何等地舒畅! 他拥抱了朱利奥,跟首席小提琴握了握手,面带微笑,微微一躬,双手半举做出谦逊的投降姿态,向众位乐手表示感谢,然后转过身去,附在指挥耳边说了几句悄悄话。克利夫今天不想向乐队讲解这部作品。他将在第二天一早讲,那时候大家的脑子应该格外清醒。眼下他很高兴坐在后头洗耳倾听。他又针对单簧管、法国号以及定音鼓的弱音问题谈了几句他的意见。

"是的,是的,"朱利奥赶紧说,"我已经看出来了。"

克利夫回到座位上以后,他注意到乐手们的表情是何等的严肃。他们已经苦练了整整一天。酒店里的招待会肯定会有助于提升他们的情绪。排练继续下去,鲍再度润色了一遍他刚刚听到的乐段,让各组乐器分别单独演奏,还特意对联奏标记做了调整。从他坐的位置,克利夫竭力避免让他的注意力被吸引到技术细节上去,因为现在他要感受的是音乐,是思想如何转化为声音的奇妙过程。他身体前倾,闭上眼睛,全神贯注地聆听着鲍表示认可的每个片段。克利夫有时候在创作一部作品时过于投入,竟至于买椟还珠,对他的终极目标反倒视而不见了——他的终极目标就是要创造这种既感官又抽象的愉悦,将这种永远无法穷尽其意义的非语言的感悟转化为空气的震动,令人兴奋莫名却又可望而不可即地悬置于情感与理智融和无间的那一点上。而对于音符的顺序排列只不过令他想起他最近为创作他们所付出的努力。鲍现在已经开始排练下一节,那与其说是渐弱,还不如说是退缩,这段音乐让克利夫想起了晨曦的照耀下他工作室里的杂乱无章,以及他对自己的怀疑,他自己都不敢深想。伟大。他自诩的伟大是否不过是痴人说梦?肯定必须得先有一个自我认同的最初时刻,而这种自我认同又肯定总是会显得荒唐可笑的。

现在又轮到长号演奏了,一种纠结的、一半受到压抑的渐强终于爆发成为主旋律最后的表达,一种响彻全场的狂欢式全乐队齐奏。但要命的是没有变化。克利夫用双手捂住了脸。他原先的担忧是有道理的。他的作品毁于一旦。他在前往曼彻斯特之前,只能让最后那几页谱子听天由命。他别无选择。他现在已经不记得当时他灵感萌动时所要进行的微妙改动了。这原本应该是整部交响曲坚定地宣告胜利的时刻,是在毁灭到来之前将人性的一切欢乐积聚起来的时刻。可是竟然呈现得如此浅陋,不过是一种简单的极强音的重复,成了一种肤浅蠢笨的浮夸,成了矫揉造作、假模假式;连这个都不如,那简直就是一片空虚;唯有快意的报复才能将其填满。

因为排练时间所剩无几了,鲍就让乐队一直演奏到底。克利夫瘫坐在座位上。现在,所有的一切在他听来都完全不同了。主题被分裂成为一波波不谐和音的浪潮,而且在音量上逐渐增强——可是听起来却简直荒唐不经,就像二十个乐队全都转向了 A 弦的定弦音[①]。这根本就不是什么不谐和。实际上每个乐器都在拉同一个音。那是单调的嗡鸣,是一个巨大的需要修理的风笛。他只能听到那个 A 音,从一件乐器被投掷到另一件乐器,从一个乐器组被扔到另一个乐器组。克利夫那天赋的音高辨别力突然间成了对他的一种折磨。那个 A 音简直要像钻头一样要把他的脑子钻出个窟

---

① A 弦是小提琴上的第二根弦,乐队在演出前定弦时全体都拉 A 弦。

窿。他真想从观众席上逃跑，可他又正在朱利奥的视线范围之内，而身为作曲家，在自己的作品排练结束前几分钟的时候却落荒而逃，其造成的影响是不可想象的。于是他更深地跌坐进座位中间，以一种貌似全神贯注的态度把脸整个埋了起来，一直忍受到最后那四个无声小节的结束。

照原来的安排，克利夫将乘坐指挥家的劳斯莱斯返回酒店，车就停在演员出口处等着。不过，鲍还有些乐队的事务脱不开身，于是克利夫就有了几分钟时间，独自一人待在音乐厅外面的黑暗中。他穿过凡·贝尔大街上的人群。人们已经开始抵达音乐厅来听晚上的音乐会。是舒伯特的作品。（难道世人还没有听够那个梅毒患者舒伯特吗？）他站在街上的一个角落里，呼吸着阿姆斯特丹温和的空气，那空气总似乎带点儿淡淡的雪茄烟和番茄酱的况味。他对自己的谱子心知肚明，他知道谱子里到底有多少个 A 音，那部分乐段听起来到底是什么样。他刚刚是经历了一种听觉上的幻觉，是种幻想——或者说是一种幻灭。变奏的阙如毁了他的杰作，他于是对于他已经制定的计划更加坚定不移了，如果说还有更加坚定的余地的话。驱动他的已经不再是狂怒，或者痛恨和厌恶，也不再是什么信守诺言了。他所要做的完全符合契约的约定,具有纯几何学那种超越道德的必然性,他已经没有任何情感的波动了。

在汽车里,鲍跟他谈起了当天的工作,那众多像是完全照着谱子演奏的段落,还有明天将不得不单独挑出来进行排练的一两处地方。尽管已经完全认识到他这部作品的远非完美,克利夫仍旧想听到这位伟大的指挥家对他的交响曲大大地颂扬、恭维一番,于是就故意抛了个问题出来钓他:

"你认为这整部作品衔接得好吗?我是说从结构上说。"

朱利奥探了下身,把分隔他们和司机的玻璃隔板拉上。

"好的,一切都很好,不过,就你我之间说说……"他压低了声音,"我觉得那第二双簧管,那个年轻的姑娘,真是漂亮极了,可是她的演奏却并不完美。幸运的是,你写的那部分曲子没有任何难度。漂亮极了。今晚上她将跟我共进晚餐。"

在这次短暂行程的剩余时间里,鲍回顾了一下英国交响乐队的此次欧洲巡演,巡演即将接近尾声,而克利夫则忆起两人上次合作的情形,当时是在布拉格重新上演他的《交响托钵僧》。

"啊,是呀!"鲍不禁叫道,此时汽车已经停在酒店外面,车门也已经为他打开。"我记得,真是一部辉煌的作品!那是属于青春的创造力,已经难以再现了,对吧,我的大师?"

两人在大堂分手,鲍要到招待会上去露一小脸儿,克利夫则到前台取他存放的信封。服务员告诉他,弗农半小时前已经到了,赴一个约会去了。为乐队、朋友和新闻界举办的酒会正在酒店后部装有枝形吊灯的长廊里进行。有个端着托盘的服务生站在门口,克利夫分别为弗农和他自己各拿了一杯酒,然后退到一个没有人的角落,在一个有靠垫的窗边座位上落座,一边阅读医生说明,一边打开了一小袋白色粉末。他时不时地瞥一眼门口。这一周的前几天,当弗农打来电话为他惊动警方而郑重道歉——什么我是个白痴啊,都是工作的压力,那个噩梦般的一周,诸如此类的话——尤其是当他主动建议前来阿姆斯特丹跟他重修旧好,说他反正在这里也有事要办时,克利夫满口答应,显得很是亲热,可是把电话放下以后,他的两只手却打起了哆嗦。现在,当他把药粉倒进给弗农准备的香槟里时,他的手又哆嗦开了。药粉在酒里冒了冒泡,很快就融入酒中,消失不见了。克利夫用小拇指抹去聚在杯沿位置的灰白色泡沫,然后站起身来,一只手端着一只酒杯。给弗农喝的在右手上,他自己的端在左手——牢记这一点非常重要。弗农在右,虽说他大错特错①。

克利夫在穿过鸡尾酒会上那一大群狂呼大笑的音乐家、艺术行政人员和乐评家时,满脑子想着的只有一个问题:怎么才能在医生到来前劝说弗农喝下这杯酒,是喝这一杯而不是另外一杯。或许最好的办法是在他从托盘里给自己拿酒前,在门口就截住他。当他侧身从闹哄哄的铜管乐手旁边挤过时,香槟泼溅到了他的手腕上,他不得不绕了一大圈路,躲开那帮已经看起来醉醺醺的贝斯手,他们是在跟定音鼓手斗酒呢。最后,他终于来到了一大帮性情温和的小提琴手的地盘上,他们允许长笛手和短笛手也加入他们的行列。这里的女性明显增多,气氛也安静了好多。她们三三两两地聚在一起,柔声曼语地叽叽喳喳,空气中也充满了令人愉快的香水味儿。在一旁,有三个男人正在小声地讨论着福楼拜。克利夫终于发现了一角还没被人占据的地毯,在那儿他能清清楚楚地看到那两扇开向大堂的大门。迟早会有人走上前来跟他搭讪的。结果也未免太早了些。是那个小臭屁保罗·兰

---

① 原文是:"Vernon was right. Even though he was wrong."这里是玩了个文字游戏,因为"right"既有"右边"又有"正确的"意思。

纳克,就是宣称克利夫正是思想家的小甜饼格雷茨基的那位乐评人,后来他又公开收回他的说法,成了:格雷茨基是思想家的小甜饼林雷。

"啊,林雷,有一杯酒是给我的吗?"

"不,请你走开。"

他倒是很乐意把右手端着的那杯酒给兰纳克灌下去。克利夫转身离开,可是乐评家已经醉了,只想寻他的开心。

"我可是听说了你最近的消息,大作真的叫《千禧年交响曲》?"

"不,只是新闻界那么叫!"克利夫生硬地道。

"我可是都听说了,他们说你剽窃了贝多芬的某个败笔。"

"走开!"

"我猜你会把这说成是'取样',或者后现代主义的引用。可是,你不是想成为前现代主义者吗?"

"你要是再不走开的话,我可要给你这张蠢脸一个大耳刮子了。"

"那你最好还是给我一杯酒,好腾出一只手来。"

克利夫正想四处找个地方暂时把酒杯搁一下呢,一抬眼正看到弗农眉开眼笑地朝他走来。不幸的是,弗农的手里也端着满满两杯酒。

"克利夫!"

"弗农!"

"啊,"兰纳克嘲弄地奉承道,"原来是跳蚤本尊驾到。"

"瞧,"克利夫道,"我已经给你准备好酒了。"

"我也给你拿了一杯。"

"那么……"

两人分别递给了兰纳克一杯酒,然后弗农把自己的酒给了克利夫,克利夫也把他的给了弗农。

"干杯!"

弗农冲克利夫点了下头,又别有深意地看了他一眼,然后转向兰纳克。

"我最近看到你老兄的名字跟一帮非常杰出的人物列在了一起。法官,警察局长,顶级富商啦,政府部长啦等等的。"

兰纳克兴奋得小脸儿都红了,"那些封爵的说法完全是一派胡言。"

"那是自然了。这牵扯到威尔士的一家儿童福利院,顶级的恋童癖小集团。你被录像拍到进出过六七次。我在被炒之前正打算要登一篇报道呢,不过,我肯定别的人也会把它给捅出来的。"

至少有十秒钟的时间,兰纳克站得笔挺,一动不动,简直就像模范军人般两肘紧贴在身体两侧,两杯香槟直撅撅地举在面前,刚才的笑容还原样凝固在张开的嘴唇上。那预警的信号就是他的眼珠子突然膨胀出来,眼睛就像是蒙上了一层薄翳,他的咽喉在不断地往上翻涌,一种跟平常的吞咽正好反向的蠕动。

"当心!"弗农大叫一声,"退后!"

情急中两人猛地往后一跳,将将躲过了兰纳克胃里面呈弧状喷涌出来的内容。长廊里突然一片寂静。然后,伴随着一声拖长的、满怀厌恶的下行滑音,整个弦乐队,再加上长笛和短笛手,朝铜管乐队那边蜂拥而去,将乐评家和他的呕吐物撇在后头,在一盏孤零零的枝形吊灯照耀下,他吐出来的那堆牛黄狗宝活像是夜幕刚刚降临时分乌德·胡格街①上加了蛋黄酱的炸薯条。克利夫和弗农也被整个人流给卷走了,直到被带到跟大门齐平的位置两人才得以脱身,来到外头安静的大堂。两人在一只单扶手沙发上安坐下来,继续呷

---

① 乌德·胡格街(Oude Hoogstraat)是阿姆斯特丹一条餐馆酒店云集的商业街。

着手里的香槟。

"比揍这家伙一顿还解气,"克利夫道,"你刚才说的话可是当真?"

"我原来还没把这事儿当真呢。"

"再次干杯。"

"干杯!你瞧,我说话算话,是真心悔过了,真的非常抱歉让你惹上了警察的麻烦。这种行为真是骇人听闻,向你致以无条件的、最低首下心的道歉。"

"这事儿就别再提啦,我对你的工作还有所有那些事儿也深感遗憾——你真是最优秀的。"

"咱们握手言和吧,好朋友。"

"好朋友。"

弗农喝干了杯中酒,打了个哈欠站起身,"哎哟,你瞧,咱们要是一起吃晚饭的话,我可能得先打个盹儿。我觉得真是疲惫不堪。"

"你这个星期过得太不消停了。我去冲个澡吧,大约一小时后,还在这儿见?"

"好的。"

克利夫目送着弗农没精打采地走去服务台要钥匙。宏伟的复式楼梯脚的位置站着一男一女，两人跟克利夫对视了一眼，点了点头。不一会儿，他们就尾随弗农上了楼。克利夫则又在大堂里转了两圈，然后他也拿了自己的钥匙回了房间。

几分钟以后，他赤着脚站在浴室里，周身的衣服还穿得好好的，在浴缸上弯下腰，想把堵住下水口、闪着微光的镀金小装置给拔出来。这需要一边拧着一边往上拔，看来他一直都没掌握窍门。与此同时，脚跟底下发热的大理石地板又在提醒他，他也真是觉得累了。在南肯辛顿度过的几个不眠之夜，在警察局经历的极度混乱状况，还有阿姆斯特丹音乐厅里的恭维和赞美。他这个星期过得也不轻省啊。那就在沐浴前先小睡片刻吧。回到卧室后，他飘飘然地脱掉裤子，松开衬衫，愉快地呻吟了一声后躺倒在巨大的床上。金色的缎子床单爱抚着他的大腿，他体验到一种精疲力竭地放纵之后的心醉神迷。一切都很美好，很快他就要到纽约去见苏茜·马塞兰了，他那已经被遗忘的、包裹得严严实实的部分就要再度蓬勃绽放了。躺在这儿，躺在这丝般顺滑的温柔乡里——就连这个昂贵的房间的空气都宛如丝绸一般——他要是肯费这个力气挪动一下双腿的话，他早就该怀着愉悦的期待在床上翻腾起来了。也许,如果他肯把心思往这上面放,如果他能够有一个星期的时间不去想他的工作的话,他是能让自己爱上苏茜的。她这人不错,绝对的够劲儿,绝对可靠,会对他忠心耿耿。想到这里,想到他是个多么值得他人对他忠心耿耿的伟人,他突然间被对他自己的一股深情和爱意所压倒,竟禁不住热泪盈眶。他感觉到有一滴泪水滑过他的面颊,流到耳边,痒酥酥的。他懒得去擦掉它,而且也没这个必要,因为此刻穿过房间正朝他走来的就是莫莉,莫莉·莱恩!旁边还跟着一个人。她那骄纵的小嘴,那双黑色的大眼睛,还有新做的发型——短发——看上去正适合她。一个多么出色的女人啊!

"莫莉!"克利夫费力地用嘶哑的嗓音唤道,"很抱歉我起不来床……"

"可怜的克利夫。"

"我实在是太累了……"

她把凉凉的手按到他的前额上,"亲爱的,你是个天才。你的交响曲是个彻头彻尾的奇迹。"

"你去排练现场了?我没看到你。"

"你太忙了,太崇高了,怎么会注意到我?你瞧,我带了个人来见你。"

迄今为止,克利夫已经见过莫莉绝大多数的情人了,可是他不大认得这是哪一位。

莫莉不愧是个社交老手,她俯下身来在克利夫的耳边低声道:"你以前见过的,他是保罗·兰纳克呀。"

"那就是了。他留了胡子,我一下子倒认不出了。"

"这小东西是个小克利夫迷,他想要你的签名,可是又害羞得不敢说。"

克利夫决心一切都顺着莫莉,于是让兰纳克放心。

"没事,没事。我根本就不会介意的。"

"我真是感激涕零。"兰纳克边说边把纸笔递给他。

"说实在的,要我签个名你没必要觉得难为情的。"克利夫潦草地签下自己的名字。

"请在这儿也签一个,要是您不介意的话。"

"一点儿都不费事,没什么麻烦的。"

就写了这么几个字却几乎耗尽了他全副精力,他不得不躺了下去。莫莉靠得他更近了。

"亲爱的,我得稍稍责备你两句,然后我就丢开手再也不提这事儿了。可是,你知道吗,那天在湖区里我是真的需要你的帮助的。"

"哦上帝啊！我没能认出那就是你,莫莉。"

"你总是把工作放在第一位,不过,也许你是对的。"

"是的——不,我是说,要是我知道那就是你的话,我会让那个瘦长脸的家伙吃不了兜着走的。"

"那还用说。"她伸手握住他的手腕,拿起一个小手电筒照了照他的眼睛。一个多么了不起的女人!

"我的胳膊热死了。"克利夫低声道。

"可怜的克利夫,正是因此我才把你的袖子卷了起来呀,小傻瓜。现在,保罗想在你胳膊上扎进一个大针头,好让你知道他对你的作品到底是怎么看的。"

那位乐评家果真就这么做了,还挺疼的。有些赞美是会伤人的。不过,克利夫终其一生一直在学习的一件事就是如何接受人家的恭维。

"唉,多谢了,"他呜咽着道,声音都变了,"你实在是太过奖了,我本人倒觉得受之有愧了。不过,不管怎么说,你能喜欢它我感到很高兴,真的,感激不尽……"

在那位荷兰医生和护士看来,这位作曲家在闭上眼睛之前还抬了抬头,像是要从他枕着的枕头上最谦逊地鞠一个躬。

五

在这一整天里,弗农头一次发现就剩下了他一个人。他的计划非常简单。他轻轻地关上通往外间办公室的门,踢掉鞋子,拔掉电话,把桌子上的报纸书籍统统扫到地板上——然后在桌子上躺了下来。距离早上的会议还有五分钟时间,见缝插针打个盹儿又有何妨,他又不是没这么干过——他如果能一直保持最佳状态,那也是整个报社的造化。他躺下的时候,脑海里不禁浮现出以下的形象:他本人巨大的雕像耸立在《大法官报》报社大楼的大堂里,一个由花岗岩雕刻而成的伟大的斜倚着身子的形象——弗农·哈利戴,伟大的实干家,主编。在休息。不过只是暂时休息一会儿,因为会议马上就要开始了,而且——真该死——大家已经溜达进来了。他真该告诉琼让她挡驾的。他喜欢午饭时间在酒馆里讲述的那些有关几位老主编的故事;那位伟大的 V. T. 哈利戴——你知道，就是因"头顶门"而名声大噪的老主编，过去经常躺在他的办公桌上主持晨会呢。大家都不得不假装没有注意到这一点，谁都不敢有一个字的微词。还光着脚呢！而现如今，当道的却都是些索然乏味的小男人，一朝得势的小会计。再要么就是一身黑色裤装的娘儿们。你是说要一大杯金酒加汤力水的对吧？那张著名的头版当然是 V. T. 做的，把所有的文字说明全都推到二版上去，让照片本身来讲故事。那可是报纸真正能起到作用的时候啊。

咱们这就开始吧？大家都到了。弗兰克·迪本，而站在他旁边的——真令人惊喜交集——竟然是莫莉·莱恩。绝不把私事和公事搅和到一块儿，事关弗农的原则问题，所以他也不过冲她公事公办地点了下头。她可真是个漂亮女人啊。把头发染成了金色，真是个高明主意。而雇用这么个女人就是他的高明主意了。完全是基于她为巴黎版《时尚》所成就的出色业绩。这个了不起的 M. L. 莱恩。从来都没打扫过一次她的公寓，从来就没洗过一个盘子。

弗农甚至都没把头靠在胳膊肘上，就开始了对上期报纸的回顾检讨。可不知怎么的，他脑袋下头竟然出现一个枕头。这会让那些语法学家们高兴的——他想到了迪本写的一篇报道。

"这话我早就说过了,"他说,"我就再说上一遍。'万能灵药'这个词儿是不能跟一种特定的疾病连用的。那是一种包治百病、无所不能的药物,所以'治疗癌症的万能灵药'这种说法是讲不通的。"

弗兰克·迪本居然有脸径直走到弗农跟前。

"我恰恰不能苟同,"这位国际版副编说道,"癌症能以多种形式出现,'治疗癌症的万能灵药'恰恰是种完美的合乎语言习惯的用法。"

弗兰克有身高的优势,但弗农仍旧在桌子上保持仰卧的姿态,以示他可没有被他给吓倒。

"我不希望在我的报纸上再次看到这种用法。"他沉着镇定地说道。

"可这并非我找您的要点,"弗兰克道,"我想请您在我的业务开支上签字认可。"他手里拿着一张纸,还有一支笔。

了不起的F. S. 迪本,将他的业务费用提高到了一种艺术的形式。

这要求太肆无忌惮了,而且是在会上当众提出!弗农都懒得跟他理论,而是继续刚才的话题。针对的同样还是弗兰克,出自同一篇报道。

"今年是一九九六年,不是一八九六年。如果你想表示'否认'的意思,就别去拽什么'非也,非也'。"

这时,莫莉居然走上前来为迪本求情,这多少让弗农有些不满。可是当然啦!莫莉跟弗兰克,他早该猜到了。她正在拉扯弗农的衬衫袖子,她是在利用她跟主编的个人关系,来促成她现任情人的利益。她俯下身来,趴在弗农的耳边低语,"亲爱的,他欠人钱了,我们需要这笔钱。我们正要在塞纳街上这个甜蜜的小地方一起安顿下来……"

她可真是个漂亮女人,他一直都无法抵挡她的魅力——自从她教他怎么烤牛肝菌以来。

"那好吧,快点儿。不过,咱们必须得继续会议议程。"

"在两个地方,"弗兰克道,"上头和下头分别签字。"

弗农写了两遍"V. T. 弗农,主编",简直就像是花了半个钟头的时间才签好。等他终于写完后,他就继续他的评论。莫莉正在把他的衬衫袖子卷起来,但要是问她干吗要卷他的袖子,就又得节外生枝了。迪本也仍旧在他桌边晃荡。他现在可不能再让他们当中的任何一位来烦他了,他脑子里要操心的事儿太多了。当他发现了一种更高一等的玄妙风格时,心跳都随之加快了。

"再说中东问题。本报是以亲阿拉伯路线而著称的,可是,在谴责……嗨,阿以双方的暴行方面,我们应该更加无所畏惧……"

弗农永远也不可能告诉任何人他上臂上的灼痛了,还有就是他已经开始领悟到,尽管还只是模糊地意识到他眼下到底在哪儿,他的香槟里一定放了什么东西,以及他眼前这两个人到底是谁。

不过,他确实是中断了他的滔滔评论,沉默了片刻,最终令人肃然起敬地嗫嚅道:

"有人泄密了。"

六

首相在那一周决定改组内阁,普遍认为,尽管公众舆论的潮流是全都倾向于加莫尼的,但毁掉他的恰恰正是《大法官报》上登的那张照片。还不到一天的工夫,这位前外相就发现,不论是在本党的总部走廊里,还是在下院的普通议员席中,对于他拟于十一月份发起的竞选挑战,大家已经全都兴味索然:就国内大部分民众而言,情感的政治学或许已经慷慨地原谅,或者起码是容忍了他,但政客们却并不喜欢一个未来的领导人身上竟会有这样的弱点。他的命运正是《大法官报》的总编曾希望的那样,已经渐渐隐没;朱利安·加莫尼也正因此才能轻易地走进机场的贵宾休息室——他最近的身份仍使他拥有这个权利——既没有受到各大报社的围追堵截,也没有政府官员的前呼后拥。在免税吧台边,他发现乔治·莱恩正在自斟自饮苏格兰威士忌。

"啊,朱利安。一块儿喝一杯吧,如何?"

这两个人自从莫莉的葬礼以来还没谋过面,于是谨慎小心地握了握手。加莫尼早就听到传言,说照片就是莱恩卖出来的;莱恩却不知道加莫尼到底知道多少。不过反过来,加莫尼也吃不准莱恩对他跟莫莉的情事到底持什么样的态度。莱恩也不知道加莫尼是否意识到他,乔治,是何等地厌恶他。他们此行是一起前往阿姆斯特丹护送弗农和克利夫的灵柩回国的,乔治是作为哈利戴的老朋友和《大法官报》的主办人,而朱利安则是应林雷信托的敦请,作为克利夫在内阁的支持者前往阿姆斯特丹的。林雷的受托人希望前外相的到场,将有助于简化困扰着国际间尸体交付问题的繁杂文书手续。

两人端着酒杯穿过拥挤不堪的休息室——现如今简直人人都是贵宾了——终于在洗手间的门旁找到了个相对宽松的角落。

"为逝者干杯。"

"为逝者。"

加莫尼想了一会儿,然后说:"你瞧,既然这次咱们要并肩共事,咱们也就不妨开诚布公了。那照片果真是你提供的吗?"

乔治·莱恩往上坐直了一英寸,以一种痛苦的嗓音道:"作为一个商人,我一直都是本党的忠实支持者和党的基金的捐助者。我掺和到这种事里面对我又有什么好处?哈利戴肯定是早就把照片给扣下来,就等着时机一到就立马往外抛呢。"

"我听说还有为了版权竞标的事儿。"

"莫莉把照片的版权授予了林雷,他可能挣到了几个英镑。我可不想过问他这些事儿。"

加莫尼呷着杯里的威士忌,心里盘算着,《大法官报》肯定是会保护其信息来源的。如果莱恩是在说谎,那他这个谎撒得可真够圆乎的。要是他说的是实话,那林雷和他的所作所为就真是罪该万死了。

广播里已经在提请他们这个航班的旅客登机了。当他们两人走下楼梯,朝正在等候的接送客车走去时,乔治把手搭在加莫尼的胳膊上说:"你知道,我觉得你可是非常巧妙地脱身出来了呢。"

"哦,真的吗?"加莫尼不着痕迹地挪开了自己的胳膊。

"哦,当然啦,大部分人为了远为微不足道的小事儿就已经要悬梁上吊了。"

一个半钟头以后,他们已经坐上了一辆荷兰政府的专车,驶过阿姆斯特丹的街道了。

鉴于两人有好长一段时间都没有说话了,乔治于是轻描淡写地说:"我听说伯明翰的首演已经推迟了。"

"事实上是取消了,朱利奥·鲍说这是部失败之作,半个英国交响乐团都拒绝演奏它。显然,结尾的一个旋律是对贝多芬《欢乐颂》的无耻抄袭,不过加减了一两个音符而已。"

"难怪他要自杀呢。"

尸体存放在阿姆斯特丹警察总局地下室一间小小的停尸房里。当加莫尼和莱恩被人领着走下水泥楼梯时,他不禁好奇苏格兰场的地下是否也有这么个类似的秘密处所。现在他是永远也甭想弄清楚了。正式的身份确认已经做好。前外相被引到一边,跟荷兰内务部的官员进行私下的商讨,只剩下乔治·莱恩细细打量他那两位老朋友的脸相。两人看起来都出奇地安宁,弗农的嘴唇略为张开一点,仿佛正要说出一句有趣的话来,而克利夫的脸上则洋溢着陶醉在鲜花掌声中的快乐神情。

不久,加莫尼和莱恩又上了车,再次穿过市中心往回走。

两个人都陷入沉思之中。

"我刚刚被告知了一桩相当有趣的事情,"加莫尼过了一会儿道,"新闻界都搞错了。我们全都搞错了。这根本就不是一对儿的自杀。他们是相互毒死了对方,他们各自给对方下了鬼才知道的什么药。这是一起相互的谋杀。"

"我的上帝!"

"原来这里竟有这么些胡作非为的医生,钻安乐死法律条文的空子,无所不用其极,通常是干掉客户年迈的亲戚来牟利的。"

"滑稽的是,"乔治道,"我想《大法官报》刚刚才登过揭露这种黑幕的报道。"

他转过头去望着车窗外。他们正以步行的速度沿布劳威尔运河行驶。一条多么令人愉快、秩序井然的街道。街角有家整洁漂亮的小咖啡馆,大概也卖毒品。

"啊,"他最后叹道,"这些荷兰人和他们通情达理的法律啊。"

"是呀,"加莫尼道,"一旦通情达理以后,也就很容易越过界限,无所顾忌了。"

两人于傍晚时分返回英国。在希思罗机场把灵柩的事宜安排妥当之后，两人进入海关。找到各自的司机后，加莫尼和莱恩握了握手就此分手。加莫尼前往威尔特郡继续跟家人度假，莱恩则去拜访曼迪·哈利戴。

乔治让司机把车停在曼迪家那条街的街头，他想溜达个几分钟，他需要准备一下该对弗农的寡妻说些什么。可是，当他在凉爽而又宜人的薄暮中信步溜达着，经过一座座宽敞的维多利亚式别墅，听到这个早春第一轮刈草机发出的嗡鸣时，他却发觉他的思绪愉快地转到了别的方向：加莫尼被打倒了，他的妻子在新闻发布会上满口谎言地公开否认了他跟莫莉的风流韵事，也就等于恰到好处地缚住了他的手脚。现在弗农也不会挡道了，还有克利夫。总而言之，在他老婆的老情人这条战线上，事情的结局还算不错。这当然是个大好时机，可以开始考虑怎么为莫莉举行一个纪念仪式了。

乔治来到了哈利戴家的房子跟前，在门前的台阶上踌躇了一下。他认识曼迪已经多年了。一个了不起的姑娘，原本可是相当狂野的。也许邀她出去吃个饭并不算太过鲁莽。

没错，是要举行个纪念仪式。圣马丁要比圣詹姆斯教堂更好，因为那些阅读由他本人出版的书籍的轻信的愚民更喜欢圣詹姆斯。那就定在圣马丁了，而且只有他一个人发表演讲,除此之外再没有他人。也不会再有他老婆的老情人在底下挤眉弄眼了。他微微一笑。当他抬起手来去按门铃的时候,他已经在纵情开怀地遐想,心满意足地开始拟定贵宾名单了。

译后记

麦克尤恩"悬崖撒手"
《阿姆斯特丹》破除"我执"

——重估《阿姆斯特丹》在麦克尤恩文学创作中的意义

伊恩·麦克尤恩分别以《只爱陌生人》、《黑犬》、《阿姆斯特丹》、《赎罪》、《星期六》和《在切瑟尔海滩上》六度入围布克奖短名单,平了艾丽丝·默多克入围布克奖的历史纪录,还分别在二〇〇五和二〇〇七年两度被提名国际布克奖,堪称该奖项设置以来获得最多次提名的作家。不过,唯一真正获奖的只有《阿姆斯特丹》。有不少评论家对此结果颇有非议,非议之一在于《阿姆斯特丹》并非麦克尤恩最好的作品,甚至是"相对较弱"的作品(当然在哪部作品才是他"最好作品"这一问题上也难得有统一的意见,有评论家认为是《水泥花园》

和《只爱陌生人》这两部"小型杰作",也有评论家力挺《赎罪》,这部作品虽然没有最终摘得布克奖,却在大洋彼岸的美国接连斩获《洛杉矶时报》小说奖和全美书评人协会两项大奖);其二则是,它非但不是麦克尤恩最好的作品,甚至都绝非"典型的"麦克尤恩作品——可以说它跟不论是老麦之前还是其后的作品都大异其趣、甚至迥乎不同——它"竟然"是喜剧而且是部"黑色喜剧"作品! 有好事者还会进而得出结论,说这简直是布克奖评委会在跟老麦开玩笑。

自然,但凡是由人类评选颁发的奖项,就难免有其他因素介入而出现"搞平衡",甚至有失公允的结果,但具体到老麦最终唯有《阿姆斯特丹》获得布克奖的这桩公案,我个人却并不同意某些论家认为大有偏颇的观点,在过去了十几年之后再回过头来看,反倒是觉得它的获奖恰恰证明了当年那任评委会的独具只眼,真正站不住脚的倒是某些论家的那"两大非议"。

先说"典型"与否的问题。在某些论家眼中,"典型的"麦克尤恩作品也就是具有所谓"恐怖伊恩"特征的作品。这可真是"成也萧何,败也萧何",一位作家初登文坛就怕没特点,没人关注;老麦则是初登文坛就大受关注,最重要的原因即在于他创作题材的"惊世骇俗"——是他以简洁冷静的文体直接揭出人性的阴暗面,尤其是畸形情感和变态性爱,"恐怖伊恩"的花名即由此而来。可是一个作家一旦被贴上了标签,再想摆脱可就殊非易事了,不但读者会对他形成固定观念,作家本身也很难摆脱它对自我的心理暗示。其实真正的"恐怖伊恩"时期只是老麦创作的第一期,从作品来说,只包括最早的两部短篇小说集《最初的爱,最后的仪式》、《床笫之间》以及两部小长篇《水泥花园》和《只爱陌生人》;从时间上说,不过是从一九七五到一九八一年。这之后的数年间,老麦在小说创作上遇到了瓶颈,甚至一度陷入停滞状态,几经挣扎,为改换心情写过童书、剧本,甚至清唱剧之后才终于找到突破口,写出《时间中的孩子》,而这时已经是一九八七年了,自此老麦正式进入他创作的第二期。第二期的创作同样硕果累累,在《时间中的孩子》大获成功后又接连创作出《无辜者》、《黑犬》和《爱无可忍》三部长篇,时间上大约正好是十年。如果说第一期的老麦限于"揭出"人的各类精神问题,而在这十年间,他则致力于深入探究产生这些精神问题的种种深层原因;如果第一期的老麦可以"恐怖伊恩"差强概括,那么我们大约可以将第二期的作者称为"理念伊恩"。

而就在《爱无可忍》出版的次年,老麦却突然间来了个大变脸,抛出了他创作生涯中唯一的一部喜剧性作品,这就是《阿姆斯特丹》,老麦创作生涯的第二期也由此戛然而止,由这部既轻松又黑色的讽刺小说开启了他创作的第三期,我个人认为这个时期一直持续到现在。老麦在这个时期的创作态度与前两期相比有了极大的不同,如果说前两期的创作态度有个最大的共同点,那就是"我执"——执著于展现和深挖人性的阴暗面和精神问题的根源;而到了《阿姆斯特丹》却感觉像是突然间"悬崖撒手",这个"撒手"不是消极退缩、就此不管了,而恰恰是柳暗花明、豁然开朗,超越了"我执",从而真正进入从容、清明的成熟阶段;他的创作领域似乎一下子宽广了起来,他的创作风格越发多元化起来,他的创作态度也似乎越发放松、轻松起来——他似乎无所不能了。老麦由此而进入真真正正的"成熟伊恩"时期,而进入这个时期的门径就是一九九八年的《阿姆斯特丹》。

从这个角度来说,《阿姆斯特丹》绝非如有些论家所说的是作家的次要作品,恰恰相反,我觉得它在麦克尤恩整个的创作生涯中具有真正的转向和开创意义,如果说《水泥花园》、《只爱陌生人》或者《赎罪》可以称得上老麦的"最好作品",那么《阿姆斯特丹》也绝对称得上他的最好作品之一,而且在开创性的意义上比上述三部作品还要更胜一筹:如果没有它的"悬崖撒手",就不会有作家的超越"我执",也就不会有后面的《赎罪》《星期六》《在切瑟尔海滩上》乃至二○一○年以气候变化为主题的最新讽刺小说《追日》这么多元化的作品了。

《阿姆斯特丹》题解

闲话少说,先来解题。麦克尤恩这部唯一获得布克奖的"黑色喜剧"缘何取名"阿姆斯特丹"?

还是来听听麦克尤恩的夫子自道吧。书评人和传记家亚当·贝格利受《巴黎评论》所托,在一九九六至二○○一年末之间多次采访过麦克尤恩,采访开始时,老麦正处于他创作"第二期"临近末了,嗣后每逢麦克尤恩完成了一部新作,他们都要碰一次头,而最后一次谈话发生在二○○一年冬,当时《赎罪》正高踞英国畅销书排行榜,几个月后在美国又受到热烈追捧。亚当·贝格利在跟老麦详细讨论过他"第二期"的代表作品《黑犬》和《爱无可忍》后,直截了当地问他,

《阿姆斯特丹》——这部标志着作家再度转向的黑色喜剧作品的"缘起"又是什么?

麦克尤恩的回答非常坦率:

> 这部小说出自我跟我的一个老朋友兼远足伙伴雷·多兰之间长期相互调侃的一句玩笑话。我们开开心心地琢磨着要达成这么个协议:如果我们俩中间有人开始罹患类似老年痴呆的病症,为了避免自己的朋友陷入屈辱的境地,另一方就要把他带往阿姆斯特丹接受合法的安乐死。所以一旦我们两人当中有谁忘了带必备的远足装备,或是在错误的日期出现在了机场——你知道,人在年过四十五以后就会开始出现这类事儿了——另外一位就会说,唉,你该去阿姆斯特丹了!有一次我们正漫步在湖区——走的正是小说中的人物克利夫·林雷行走的路线——我一下子想起来两个可能会达成这种协议的小说人物,后来两个人闹翻了,两人不约而同地引诱对方来到阿姆斯特丹,都想把对方给谋害了。一个相当匪夷所思的喜剧性情节。当时,我的《爱无可忍》正写了一半。我当天夜里把这个想法记录下来,然后就把它扔在一边以备不时之需。所以这两个

人物并非在我开始写这部小说的时候才出现的,然后这部小说就慢慢拥有了自己的生命。

小说的两位主人公,一位是"我们的大师"、"伟大的作曲家"克利夫·林雷,另一位则是英伦一家"全国性大报"、新闻直觉"从来不会出错"、自认"伟大的实干家"的《大法官报》主编弗农·哈利戴;两位"男配角"则分别是富可敌国、能左右其"知识贫弱的读者"之好恶的出版商乔治·莱恩以及现任外交大臣并有极大可能问鼎首相宝座、能直接左右国家未来之内政外交政策的朱利安·加莫尼。从朝到野,从政坛一直到文化界、艺术界以及新闻界,这四个人可谓是真真正正的社会柱石、国之栋梁了。这四个能呼风唤雨、各自具有无限能量的男人是由一个女人——既睿智又迷人的美食评论家,又身兼摄影师和敢于创新的园艺家、四十六岁上还翻得出完美的侧手翻的莫莉·莱恩联系到一起的:富有的出版商是她的丈夫,另外三位则都是她的老情人,以时间先后排序分别为伟大的作曲家、了不起的报社主编和现任外交大臣。小说的中心情节即"最有交情的两位老友"作曲家克利夫与大报主编弗农先是相互将性命托付,可是在彻底闹翻、反目成仇之后,又分别将对方"赚"到安乐死合法的阿姆斯特丹,同时将对方置于死地。一个多么匪夷所思而又具有黑色喜剧性的故事,一则多么入骨三分且既谑又虐的道德寓言!可是且慢,这还是我们熟悉的那个抛开阶级和社会外壳、罔顾人物的"外部"角色;孜孜于"向内"开掘变态情感尤其是变态性爱、致力于探索伦理禁忌区和人性阴暗面的"恐怖伊恩"吗?

转　向

还是要说来话儿长。

英国是个最注重阶级或者说阶层的国家,如果说法国文学摆不脱的一个关键词是"虚荣",英国文学则是"势利",哪怕是几代的作家不遗余力地在反它,反而正说明了它的根深蒂固。麦克尤恩呢?他几乎出身于势利的社会分层制度的最底层,父亲是个粗鲁粗俗兼滥饮无度的军士,母亲则出身农村,十几岁上就辍学当上了打扫房间的女服务员,嫁给老麦克尤恩后就成了家庭主妇。受教育呢?麦克尤恩非但无缘高攀牛津、剑桥这两所"古典大学",就连从维多利亚时期开始设立、以中产阶级子弟为教育目标的中生代"红砖大学"(以校舍建筑多为红砖建筑而得名)都没有份,他读的苏塞克斯大学是英政府在一九六〇年代为了大规模扩展高等教育,为蓝领工人阶层的子弟提供高等教育的机会,将所有高等技术学院升格而成的产物,典型的所谓"平板玻璃大学"(同样源自校舍多用玻璃外墙的现代建筑特色)。大学毕业后正巧同是"平板玻璃大学"的东英吉利大学新开了一种全新的课程,可以"一边进行学术研究一边写小说",对于还没有任何清楚的想法之前已经决心要写小说的麦克尤恩来说不啻于"天上掉下个馅饼来"。他于是申请了这个新课程,拿到了硕士学位,而赖以拿到学位的"作品"——不是论文——就是《最初的爱,最后的仪式》。

以这样的出身和教育背景,立志并实际上开始执笔写作,努力摸索着要找到属于自己的题材、风格乃至声音,也就难怪他对布尔乔亚和等级势利这些英国文学的传统题材完全不感兴趣了。他师法的对象是威廉·巴勒斯、约翰·厄普代克、菲利普·罗斯和杜鲁门·卡波蒂这批"生气勃勃"的美国作家,以及卡夫卡、让-热内以及詹姆斯·乔伊斯这帮开宗立派,对人性的所有侧面一网打尽、丝毫不遮遮掩掩的欧洲作家。他毫不扭捏地赞扬"当时的美国小说跟英国小说相比显得是那么生气勃勃,如此的雄心和力量,还有几乎毫不遮掩的狂热"。而当时的英国小说呢?在他看来则"有种受自身制约的特别的迟钝和无趣,纠缠于日常生活和每一种色差的'灰'之间的微妙不同——服饰、口音、阶级的细微差别"。所谓的"社会符码",以及你如何可以巧妙地操纵它又如何可能被它毁灭,这当然是个富饶的领域,可是他"对此既一无所知也不想跟它有任何瓜葛",他试图按他的方式"小规模地回应(美国小说的)这种疯狂的特质",以回击在他"看来英国文学在风格和主题两方面的灰蒙蒙一片"。他"寻求极端的情境、疯狂的叙述者,寻求猥亵和震骇——并力图把这些因素以细致或者说训练有素的文体出之"。《最初的爱,最后的仪式》中的大部分作品都是这样写出来的。

而其实,这之后的第二部短篇小说集《床笫之间》以及两个小长篇——被誉为两部"小型杰作"的《水泥花园》和《只爱陌生人》也是这样写出来。他力避"服饰、口音、阶级的细微差别"这样的"社会符码",寻求"猥亵和震骇",展现"狂热"和"疯狂"。这可以算作他创作生涯的"第一期"——他那个"恐怖伊恩"的绰号也由此而来。这是一个青年作家初登文坛、"别求新声"的阶段,为了寻找到属于自己的题材和声音,为了抵抗"影响的焦虑",他必须得标新立异,说难听点就是要"哗众取宠"。再加上他也确实缺少有用的人生和社会经验,所以他这一阶段的创作完全罔顾英国那一整套的阶级制度和等级观念,他笔下的人物也几乎完全游离于特定的社会和历史环境之外。

麦克尤恩接下来的四部长篇：《时间中的孩子》、《无辜者》、《黑犬》和《爱无可忍》,跟早期的几部作品相比都更有野心,也更有深度,在他的创作生涯中,这明显已经是一个全新的、更加成熟的阶段了,是为麦克尤恩的"第二期"。为什么会有此发展和转向？还是用他自己的话来说最有说服力："这部(《水泥花园》)和我的下一部小说《只爱陌生人》是为我为期十年的一个写作期做了归结——形式上简单、线性的短小的小说作品,幽闭恐怖症般的、反社会的、表现怪异的两性关系和性欲的黑暗的作品。这之后我觉得我这种写作已经把自己逼进了一个死角。"

《时间中的孩子》仍旧以一个孩子突遭诱拐这样的极端性事件拉开大幕,可以看出作家仍旧对书写处于边缘的人生经验兴味十足。同样的实例还表现在《无辜者》中对尸体的肢解、《黑犬》中那象征着邪恶的两头猛犬以及《爱无可忍》中突发的热气球事故。但跟"第一期"的作品相比,麦克尤恩的着重点已经更多地转移到人物、历史、道德以及具有社会性的心理问题上去。那些极端的人生经验也就成了探索和检验人物的重要关头：我们在身处危急时刻时会体现出什么样的道德品质、出现什么样的道德问题,我们是如何承受、或者承受不起一种极端的人生经验的,我们如何做出抉择又如何担当这种抉择带来的后果……在创作最早的两个短篇小说集和两部小长篇时,麦克尤恩曾经认为具体的时代和背景只不过是不相干的干扰,而逐渐成熟起来的作者在第二期的四部长篇中则正是在最危急的关头、最极端的环境下拷问和丈量着我们的人性和道德极限。

麦克尤恩第二期的四部长篇集中体现了他在更宽广、更深刻的维度上对于人性和道德的紧张探索,不论从探索的深度还是格调的严肃性上都堪比真正的正剧。

可是接下来的《阿姆斯特丹》却再度突然转向,由严肃庄严的正剧一变而为谑浪笑傲的喜剧,而且既谑又虐,实在是一部讽刺的锋芒所向披靡的黑色喜剧。

"游戏笔墨"

"恐怖伊恩"、"理念伊恩"突然间来了个大撒把,把他所有的那些耸人听闻、变态的情节和抽象、严肃的关切统统抛到了一边,仿佛纯粹出于放松,出于好玩,出于放纵自己的尖酸刻薄、试炼一下自己从没用过的讽刺锋芒,来了一次嬉笑怒骂,结果成就了一部"世事洞明、人情练达"的风俗喜剧,结果一竿子打翻了一船人,把所有一干"社会上的好人物"的伪装和假面都撕了个粉碎,给大家看猴子藏在背后的红屁股。

尽管这部小说是作家完全放松下来写的,是先有了两个朋友反目成仇之后都想把对方给谋害了这个中心喜剧情节之后,慢慢发荣滋长,最终差不多自我成型的一部作品,这仍旧是一部技巧高度纯熟、结构非常完美的艺术作品,显示出作家至此为止,不论是人生经验还是创作技巧,已经都臻于圆熟了。

写喜剧,写揭露世态人情的风俗喜剧,是绝对离不开丰富老练的人生经验的,要经多见广而且要吃透看穿之后才能驾轻就熟。倒过头来想想,当初年方二十岁出头的麦克尤恩之所以淡化特定的历史背景和环境,专写儿童和青少年的体验,重要的原因之一还不是"受制于有用经验的缺乏"嘛。当初的作家曾公开宣称对中产阶级不感兴趣,绝不想纠缠于"服饰、口音、阶级的细微差别",说他"不想去描写什么人是如何聚敛和丧失财富的,我感兴趣的是人性中陌生而古怪的地下层"。从这个角度说来,老麦是随着自己的名声越来越大,社会地位越来越高,所以"人一阔脸就变","背叛"了自己的创作初衷了吗?

也是也不是。说"也是",是他确实已经抛开了对所谓的

"社会符码"敬而远之、"洁身自好"的态度。当初根本就对这些阶级、社会的玩意儿不甚了了,就是想处理这样的题材也绝对驾驭不了,而现如今则不同了,早已多年身处在这样的社会当中,又经历了两个创作时期的更迭,不断在寻求突围和进步的老麦终于转而去描写他生活于其中的这个中上层社会的人情世故,正所谓理所当然、恰逢其时——经验够了,眼光够了,创作上又有求新求变求拓展的客观需要,"干吗不"呢?

说"也不是",是因为老麦虽说确实突破了他原来自设的"园地",正面入侵了他原本不愿、不屑或者不能涉足的领地:如果说之前的老麦处理的一直是个人的、心理的层面,那么《阿姆斯特丹》则首次正面表现社会的、社交的层面,不过他的创作却仍有一以贯之的旨趣。这话怎么说?就是他虽然开始正面描写——或者说讽刺"服饰、口音、阶级的细微差别",开始描写"人是如何聚敛和丧失财富的",但他最"感兴趣的"仍旧是"人性中陌生而古怪的地下层"。

"远"与"近","内"与"外"

《阿姆斯特丹》的两位主角分别是作曲家克利夫和报社

主编弗农,小说的大部分篇幅即在于分别展现这两个人物的内心世界和精神困境,并借此表现以他们为代表的整个阶层的道德危机。麦克尤恩实际上是将两种原本很难调和的创作手法,也因此是两种很难兼有的文学风格和审美旨趣糅合到了一起:要想引起"喜感"、嘲讽"外部的"人情世故,就不能过多地展现人物"内部的"精神世界。所以传统的喜剧要么是展现可笑的人物性格,要么是将人物置于可笑的境遇,不论是性格还是境遇又都以"外部"描写为主,即喜剧性人物虽置身于矛盾龃龉之中,而且人物自身就是个巨大的矛盾体,但喜剧人物的根本特点就在于对此并没有自觉意识,对自己的矛盾可笑境地全然无所察觉。从作者的创作角度而言就是尽量少展现人物的内心世界。比如堂吉诃德的可笑全在于他以衰老羸弱之躯,偏要去成就行侠仗义之功业,他对自身的矛盾全无察觉,而等他终于认清现实,悔不当初,终于郁郁而终时,他这个人物也就不再可笑,小说的喜剧情调也就戛然而止了。再比如前半部《围城》具有极强的喜剧性,作者原是想借方鸿渐的行止来展现一幅新儒林外史图的,可是随着作者对人物内心的展现越来越多,读者也就相应地越来越认同方鸿渐的感受,最终也就笑不起来了。所以作家如果想让读者觉得作品中的人物可笑,就绝不能让读者对人物产生认同感,也就是不能过多展现喜剧人物的内心世界——这是个距离远近的问题:喜剧人物只有维持一定的距离才会可笑,距离太近了就笑不起来了。

可是《阿姆斯特丹》中的表现手法却似乎有悖于这个"原理"——因为作者让我们直接进入两位主角的内心。比如我们跟着克利夫一起体会他创作《千禧年交响曲》的心理过程:他的焦虑、他的自得,他如何遇到创作瓶颈,如何去湖区远足以寻求突破。可是就在他灵光乍现、灵感突至的时刻却又碰到了致命的干扰:一男一女在湖边拉拉扯扯了起来,而且那个女人还一阵阵地呼救。这是何等的讨厌!他当然得避开这个干扰,在宝贵的灵感消失之前赶快把它记录下来。

既然如此,克利夫的所思所想我们应该跟他一起感同身受的,我们应该完全认同他的好恶的,他的"道德危机"、他的可笑和可耻又如何为我们所认识呢?

所以麦克尤恩又同时向我们展现了另一主要人物弗农的内心世界。两人原本是好朋友,所以刚开始的内心展现是平行的,两人各有各的烦恼,互不相干,他们各自的烦恼我们也全都"心有戚戚焉"——可是两个好朋友之间突生龃龉:两人开始相互批判了,我们自然也借由他们各自的眼光看清了对方的"真相"(当然此"真相"只是彼此眼中的"真相")。

我们先是通过克利夫"看清"了弗农的刻薄寡恩,看清了他没有丝毫创造性可言的可悲形象,尤其是看清了他不惜在"莫莉的坟头上拉屎",打着政治正义的旗号坚决要把朱利安搞臭不过是为了挽救他那份可怜报纸的发行量。而克利夫本人呢?先撇开他的自以为是、妄自尊大,他的高高在上、安享尊荣不谈,他竟然为了他的所谓创作灵感而对发生在他眼皮底下的强奸视而不见,如果说弗农的作为是毫无道义立场的可笑可鄙行径,那克利夫就更是等而下之的可耻了。

至此为止,虽然小说后面的进程仍旧是继续分别通过克利夫和弗农的视角展现出来,我们既已经有了前面的认识,也就再也不会对这两个人物"自然而然"地认同下去了。我们虽然还是跟着他们的所思所想往下走,可我们已经长了个心眼,要时时停下来推敲一下我们跟着走的这个人的所作所为了。可笑的秉性、讽刺的锋芒也就由此——因了对照而加倍凸显出来。在克利夫和弗农弥留之际的幻觉当中,两个人的自以为是也达到了爆棚的程度——一个人真以为自己是贝多芬再世,而另一位也真觉得自己是史上最伟大的主编了。在时不时跳脱开同情的同时,也真忍不住会给老麦喝一声彩:干得漂亮!

两个男主角克利夫和弗农之外,两位男配角朱利安·加莫尼和乔治·莱恩人格上的丑陋、可鄙外兼可笑也有过之而无不及:道貌岸然、极端右翼保守的外相大人竟然是个易装癖,富可敌国的出版商非但一直顶着个绿帽子(用西方的说法是头上长角),而且为了报复又兼谋财,竟然公开拿他老婆给情人拍的易装照片竞价出售,而后又眼睛都不眨地矢口否认,堪称是脸皮最厚的主儿了,而最后坐收渔翁之利的也竟然就是此君。这四位"社会栋梁"之外,在一开始莫莉的葬礼上露了一小脸的最后一位"垮掉一代"诗人,还有"伟大的意大利指挥家"朱利奥·鲍都是十足的老淫棍;弗农手下那个一心想上位的弗兰克·迪本"果然"是个两面三刀的叛徒,不惜踩着他前任主子的尸首往上爬;"犀利的"乐评家保罗·兰纳克竟然是个频繁出入男童妓院的混蛋变态;表面上任劳任怨、秉公执法的警察则实际上是在草菅人命;就连弗农的副手老好人格兰特·麦克唐纳实际上也是个老滑头……麦克尤恩可以说是一竿子打翻了一船人,一把扯下了他所处的这个中上层社会,尤其是正属于社会中坚的他这整整一代人冠冕堂皇的假面:

他四顾看着周遭这帮吊唁的人群,有很多跟他、跟莫莉同龄,上下相差不过一两岁。他们是何等兴旺发达,何等有权有势,在这个他们几乎蔑视了有十七年之久的政府底下,他们是何等地繁荣昌盛。说起我这一代人:多有能量,多么幸运。在战后的新建社区喝着国家自己的母乳和果汁长大,由父母没有保障、来历清白的富足所供养,成年以后有充足的就业机会,全新的大学,鲜亮的平装本书籍,文学全盛时期的摇滚乐,可以负担得起的理想。当梯子在他们身后崩塌,当国家撤回她的乳头变成一个高声责骂的悍妇时,他们已经安全了,他们已经巩固了,他们安定下来致力于塑造这个或是那个——品味,观点,财富。

"悬崖撒手"

《阿姆斯特丹》确实是麦克尤恩写得最放松的一部作品,跟之前我们所谓的第一期和第二期的所有作品的诉求既截然不同,又有一以贯之的创作旨趣——可以说这半是一部展现"内在"人性的心理小说,半是一部批判"外部"世情的讽刺小说。最难能可贵的是他将这原本很难兼顾的"内"与"外"、"人性"与"世情"非常完美地糅合在了一起,充分展现了他无论是对于人性的认识还是创作的技巧上都达到了一个全新的高度,为他之后的创作开辟了崭新的天地。麦克尤恩对此有充分的认识和自觉:

> 先前的四部小说——《时间中的孩子》、《无辜者》、《黑犬》和《爱无可忍》——全都源自探索某一特定观点的期望。相比而言,《阿姆斯特丹》感觉上就自由、随性多了。我先有了个简单的计划,然后我就顺其自然,看看它能把我引到什么地方。有些读者认为这部小说是一次开心的消遣、恣意的放松,但对我来说,即便是在当时,它也跟《时间中的孩子》一样具有转折点的意义。我觉得我给了人物更多的空间,我想戒除自己身上某些智识上的野心。如果没有《阿姆斯特丹》在前,我也就根本就不会写出其后的《赎罪》了。

如果说《时间中的孩子》开启了麦克尤恩以着意"探索某一特定观点"为标志和特点的第二期创作的话,那么《阿姆斯特丹》则在他穷尽了、或者说厌倦了自己"智识上的野心"以后,为他开启了创作上的第三个时期——他真正的成熟时期。《阿姆斯特丹》之后的《赎罪》则既不缺少《黑犬》或是《爱无可忍》式的理念色彩,又不乏《阿姆斯特丹》中敏锐的社会意识;既不乏《只爱陌生人》中包含的危险的暴力,同时还兼具《水泥花园》式的性感。

没有《阿姆斯特丹》的突围,就不会有之后几乎完美的《赎罪》;也唯有经过《阿姆斯特丹》的"悬崖撒手",也才有了《赎罪》后面三部风格迥异的小说:貌似回归中产阶级家庭价值观的《星期六》、温情回顾六十年代青葱岁月的《在切瑟尔海滩上》,以及(竟然是!)"环保题材"的最新长篇《追日》——麦克尤恩似乎是无所不能了。

冯 涛

二〇一〇年十月

图书在版编目(CIP)数据

阿姆斯特丹/(英)伊恩·麦克尤恩(Ian McEwan)著;冯涛译.—上海:上海译文出版社,2018.6(2023.6重印)
(麦克尤恩作品)
书名原文:Amsterdam
ISBN 978-7-5327-7777-8

Ⅰ.①阿… Ⅱ.①伊… ②冯… Ⅲ.①长篇小说—英国—现代 Ⅳ.①I561.45

中国版本图书馆 CIP 数据核字(2018)第 042392 号

Ian McEwan
AMSTERDAM
Copyright © 1998 by Ian McEwan
This edition arranged with ROGERS, COLERIDGE & WHITE LTD(RCW)
through Big Apple Agency, Inc., Labuan, Malaysia.
Simplified Chinese edition copyright:
2018 Shanghai Translation Publishing House(STPH)
ALL RIGHTS RESERVED.

图字号:09-2009-405 号

阿姆斯特丹
〔英〕伊恩·麦克尤恩 著 冯 涛 译
责任编辑/管舒宁 装帧设计/储平工作室

上海译文出版社有限公司出版、发行
网址:www.yiwen.com.cn
201101 上海市闵行区号景路159弄B座
江阴市机关印刷服务有限公司印刷

开本 850×1168 1/32 印张 8 插页 5 字数 101,000
2018 年 6 月第 1 版 2023 年 6 月第 2 次印刷
印数:7,001—8,500 册

ISBN 978-7-5327-7777-8/I·4765
定价:49.00 元

本书中文简体字专有出版权归本社独家所有,非经本社同意不得转载、摘编或复制
如有质量问题,请与承印厂质量科联系。T:0510-86688678